정적과 소음

이수명

(2023)

ㄴㄴ〉〈ㄷㄴ

책머리에

이 책은 지난해부터 출간하기 시작한 '날짜 없는 일기'의 두번째 권이다. 2023년 1월부터 12월까지 1년 동안 쓴 일기를 한 권에 묶은 것이다. 날짜를 쓰지 않고 월별로만 장을 나눈 것은 첫 권『내가 없는 쓰기』와 동일하다. 작년에 첫 권이 나왔을 때, 다른 것은 차치하고 1월부터 시작해서 12월로 끝나는 단순한 목차에서 일종의 안도감을 느꼈던 기억이 난다. 일상이라는 것은 월별로 이루어진다. 책의 배치는 그것에 적합해 보이며 야단스럽지 않은 쓰기에 여전히 어울리는 것 같다.

가볍고 조용한 호흡으로 써내려간 글이다. 일상의 장면들을 포착한 것이 특별한 것일 수는 없다. 하루의 어느 행간에서, 짧은 틈새에서, 사소하고 밋밋한 것들이 더 많이, 더 자주 보이고, 그러한 것과 함께한 흔적이다. 문학화시킬 필요가 없는 평평한 순간들에 대한 기록인 것이다. 아니 그보다는 문학적 액션을 가미하고 싶지 않은 순간, 어떠한 의미도 들어서지 않는 평이한 순간을 유지하려는 시도에 가깝다.

그러고 보니 시를 쓰는 내게는 언제나 어떤 저항이 남아 있는 듯하다. 시가 몰입, 에너지, 비약, 발산, 전략 같은 것이라면, 이러한 쓰기에 대한 저항 말이다. 시가 아닌 쓰기라는 것이 어떻게 가능할까. 어떤 식으로 가능한지 모르겠는데도 그렇게 해보게 된다. 그런 글쓰기가 가능한 것처럼 움직여보게 된다. 결국 문학의 반대편으로 나아가는 날것의 글쓰기를 해보려는 욕구가 올해도 이 책을 쓰게 한 계기가 되고 있다. 내용 없이, 내용의 회전과 동력 없이, 마치 호흡을 하듯이 문장만을 따라가는 무미한 글을 써보고 싶은 것이다. 물론 이러한 방향도 결국 문학을 온전히 걷어내지는 못할 것이라는 의구심을 버리게 하지는 못한다. 또 이쯤 되면 무엇을 버린다는 건지 엎치락뒤치락 알 수 없게 되는 측면도 있다. 이 책은 이러저러한 생각들마저 제어하지 않고 내버려둔 채 쓰인 결과물이다.

올해는 작년보다 더 두드러지게 두 갈래 글들이 들

어서게 된 것 같다. 하나는 가벼움과 조용함으로 이루어진 일상의 무의미한 조각들이고, 다른 하나는 문학의 의구심 쪽으로 난 길이다. 이 의구심은 문학에 대한 크고 작은 메타적 생각에 닿아 있다. 이것은 나 자신의 시와 글쓰기를 비롯하여 문학사, 시인들과 그들의 행로를 포괄한다. 한마디로 시와 글쓰기에 대한 약간의 거리감을 획득하고 이를 통해 시와 문학을 다시 바라본 것이다.

두 가지 모두 시로 하기에 적합하지 않다. 시가 아닌 글이 갈 수 있는 방향이다. 아무것도 아닌 글이다. 아무것도 아니게 되는 글이다. 결국 아무것도 아닌 글을 쓰고 싶은 욕구가 작년에 이어 이 책을 쓰게 한 것이라 할 수 있다. 이러한 조각 글들은 정적과 소음에 불과할 뿐, 어떠한 형체도 갖추지 못하고 모일 수도 없다. 무엇을 조직할 수도, 힘을 발휘할 수도 없다. 단지 형식으로부터의 놓여남에 불과할 뿐이다. 스스로도 미덥지 않아 하면서 말이다. 조직으로부터 풀려난 글은 처음부터 흩어져 있는 글이다. 아니면 곧 흩어져버릴 글들이다. 흩어지면서 잠시 숨을 쉬듯이, 중얼거리듯이, 혼잣말하듯이 놓여 있는 글들, 이 글들을 세상에 내보낸다.

　연속해서 책을 출간해준, 그리고 작년의 일기까지 이번에 새로 단장을 해준 난다의 김민정 대표에게 감사를 드린다. 원고를 읽고 세심하게 살펴준 유성원님에게도 감사의 마음을 전한다.

2024년 10월

이수명

차례

1월

집을 나선다. 집 앞의 돌계단을 내려선다. 하나 둘 셋, 검은 돌계단들은 작년처럼 여전히 검고, 조금 더 검다. 검은 계단 아래 또 비슷하게 생긴 검은 계단이 삐뚤삐뚤하다. 계단을 지나면 인도가 나온다. 인도에는 깨진 보도블록이 있다. 지나간다. 코트 주머니에 손을 넣고 걷는다. 인도를 걷고 차도를 건너고 다시 인도를 걸으면 광장이 나오고 광장을 지나 골목길로 접어든다. 구부러진 골목길을 이리저리 휘어지다보면 다시 넓은 길이 나온다. 길은 어느 순간 영문을 모르면서 넓어진다. 무작정 걷는다. 1월이라 무조건 걷는다. 다시 날이 아주 많아진 것 같다. 다시 아주 많은 시간이 기다리고 있다. 주머니에서 손을 꺼내 아직 오지 않은 올해의 날들을 향해 손을 흔든다.

2

쌀쌀한 날씨가 이어지는데도 연일 외출을 한다. 걸으면서 차가운 대기에 짧게 한두 마디를 건넨다. '방법이 없지만 괜찮아' '기억나지 않아도 돼' '무엇이 있는 걸까' 같은 말들이다. 속삭일 말이 없어도 걷는다. 대기를 응시한다. 대기는 내가 아니라 무언가 다른 것을 응시한다. 무엇인지는 알기 어렵다. 하지만 대기가 나를 보지 않아도 여기 있는 것은 알겠다. 존재다. 존재는 모여 있음이다. 구름이 모여 있듯 차가운 대기가 모여 있고, 마침 그 모여 있음이라는 존재 한가운데를 내가 지나가는 것이다. 나는 언제나 그 모여 있음을 만날 수 있다. 마주침, 만남을 허락하는 대기 속으로 이렇게 걸어간다. 대기를 만나는 일, 허공을 만나는 일, 바람을 쐬는 일이 특별하다. 찬바람을 쐬면 머리가 띵하고 아플 정도로 만남은 격렬하다.

3

오늘 정오에 별생각 없이 소파의 위치를 바꾸어보
았다. 소파에 앉으면 앞 베란다를 정면으로 볼 수 있
도록 배치했다. 모든 풍경을 정면으로 바라보는 구조
가 되었다. 밖의 건물들과 차와 사람들이 바로 다가왔
다. 종일 앉아 있어도 좋을 것 같았다. 도서관이나 카
페에 갔을 때, 창이 옆이 아니라 앞으로 난 자리를 좋
아하는 편이다. 옆과 앞은 다르다. 거실 소파도 그렇
게 할 수 있는데 왜 그동안 생각을 못했을까. 벽에 소
파를 붙이는 관성 때문일 것이다. 소파를 벽에서 떼어
내 창을 향하도록 하니 나도 벽에서 멀어져 창을 마
주하는 자세를 취하게 되었다. 작은 협탁까지 앞에 놓
으니 거실이 카페가 되었다. 협탁에 책을 올리고 차가
담긴 머그컵도 함께 놓았다.

4

　천장 한가운데 달려 있는 형광등은 사각의 커버를 씌운 것으로 환하고 창백하다. 흰빛이 싫으면 그것을 끄고 책상 위의 스탠드를 켠다. 노란빛에 가까운 등은 따뜻한 느낌을 준다. 이 작은 등을 켜놓고 방을 걸어다닌다. 주로 발끝으로 걷는다. 발가락으로 걷는 것이다. 무엇인가 잘 생각이 나지 않을 때라기보다는, 생각하고 싶지 않을 때 이렇게 한다. 발을 들어 높아진 키가 생각으로부터 벗어나게 해준다. 단지 한 뼘의 높이가 필요했던 것이다. 이제 가능해진 높이이다. 한 뼘이 사막이고 초원이다. 스탠드 불빛이 키가 커진 검은 그림자를 벽에 드리운다.

가장 슬픈 것인지는 모르겠지만, 슬프게 하는 것이 무엇이냐고 누가 물으면 지붕이라고 대답할 것이다. 높은 언덕이나 지대를 지나다보면 그보다 낮은 키의 집을 내려다볼 때가 있다. 오늘 본 집이 그랬다. 지붕만 보였다. 너무 오래된 것이라 거무스름한 퇴락의 색이 붉은 기와를 뒤덮고 있었다. 점도 아니고 선도 아니고 형체도 없는 그을린 것 같은 검은 기운이 지붕에 가득 내려앉아 있었다. 사람은 살지 않고 버려진 집으로 보였다. 아마 지붕이 조금씩 내려앉는 중일 테고 기와의 붉은색은 결국 사라질 것이었다. 소멸을 아주 오랜 시간에 걸쳐 상영하는 드라마인데 멈추어 서서 보는 사람은 없었다.

이와는 전혀 다른 지붕도 있다. 가는 동네마다 아파트가 있다. 여러 동이 높은 키로 떼를 지어 서 있는 아파트를 눈여겨볼 때가 많지는 않다. 대부분의 아파트가 딱히 지붕이랄 것이 없는 형태로 지어지는 것을 알고 있기 때문이다. 하지만 비록 기와는 아니어도 붉은 지붕을 얹은 아파트를 얼마 전에 본 적이 있다. 어떤 절박함에서인지는 모르지만 지붕 개념을 살려보려는 의지의 산물인 것 같았다. 그 아파트는 누군가 깃발처럼 높이 들고 있는 붉음, 드디어 찾아낸 붉음의 위용과 그것에 어울리는 고전적인 자태를 하고 있었다. 붉은 지붕, 그 선명함은 이제 더이상 무의미한 매복은 필요 없다는 표시처럼 보였다. 나도 모르게 섣부른 동의를 표하고 싶었다. 하지만 피할 수 없게, 만취한 석양이 바로 거기 걸려 있었다. 석양은 비틀거리면서 붉고 높은 지붕들을 모두 어딘가로 데려가고 있었다.

6

무엇을 하려는 것인지 모른다. 시를 써서 어디로 가려는지 알지 못한다. 단지 감지되는 것은 시는 일종의 도주 비슷하다는 것이다. 어떤 상황, 어떤 의식, 어떤 말을 견딜 수 없기에 달아나는 것이다. 그러한 것들이 즐비하게 늘어서는 횡행의 횡포가 있다. 예측성과 기대의 폭압이 있다. 자, 어떻게 할 것인가. 어떻게 달아날 것인가.

이상의 도주가 있고, 김수영과 김춘수의 도주가 있다. 봉건과 근대의 양날로부터 동시에 달아나려 한 것이 이상이라면, 김수영은 자신이 가장 염증을 냈던 포즈로부터, 김춘수는 의미의 멈추지 않는 메아리를 피해 달아나려 했다. 김구용은 시라고 생각되는 것으로부터, 시의 화법이라는 틀로부터 아주 멀리 도주하고자 했다.

달아나는 길은 대개 좁다. 좁을수록 도주는 어렵고 유니크해진다. 도주는 성공할 수도 있고, 반만 성공할 수도 있고, 실패할 수도 있다. 길이 좁을수록, 좁아질수록 결국 성공과 실패의 차이가 없어진다. 성공하지만 실패한 것이고 실패로 성공에 이른다. 더이상 달아날 길이 없는 실패에 이를수록, 도주의 불가능에 이를수록 문학의 도주는 완성되기 때문이다. 시는 달아나면서 달아나고자 한 것을 폭파하는 까닭이다. 시는 도주이다. 도주와 폭파의 시, 협로에서 시가 가까스로 가능해진다.

7

시인의 도주 중에서 다소 의아한 것도 있다. 이승훈의 행로다. 이승훈은 싸움과 도피를 반복했다. 그는 대상과 자아와 언어와 씨름을 했고, 차례로 이것들을 부정했다. 부정하면서 지우고 비껴가려 했다. 그리고 말년에는 아무것도 하지 않는 단계에 이른다. 그가 영도의 시쓰기라 어려운 말로 부르는 것도 결국에는 무위의 시를 뜻한다. 이른바 어떠한 문학적 액션도 취하지 않고 내버려두는 것이다. 모든 싸움과 도주 후에 그는 그럴 필요가 없다는 선언을 하고 만다.

물론 질주를 하면서 동시에 질주하지 않아도 좋다고 이상도 이상하게, 비슷하게 말한 적이 있다. 하지만 이상의 질주하지 않음은 질주와 다름없고 역도 마찬가지다. 그에게 도주와 비도주는 같은 것이다. 성공과 실패가 다르지 않다. 그에게는 처음부터 출구가 없기 때문이다. 도주는 사실상 불가능한 것이다. 하지만 불가능하기에, 그보다 더 좁을 수가 없는 길이기에, 이상의 도주는 가장 도주에 가깝다.

이승훈이 싸움과 도주를 내려놓는 모습은 가장 그 럴듯한 이상의 도주와 대척에 놓인다. 이승훈은 도주 하지 않음으로써, 시를 버리는 것으로 보인다. 횡행의 물결에 같이 떠내려가면서, 뒤척이지 않으면서, 시로 부터 멀어지는 것이다. 시를 버리고 시를 쓸 수 있을 까. 그는 버리고 난 후의 그것이 시라고 하고 있다. 이 해하기는 쉽지 않지만, 그 길 역시 아무도 가보지 않은 길이다. 물결 속에 숨어 있기에 알아볼 수 없는 시다.

8

집에 하루종일 머물렀다. 컨디션이 좋지 않아서 일은 하지 않고 쉬었다. 따뜻한 물을 계속 마셨다. 아무것도 넣지 않은 물이다. 비어 있는 물이라고나 할까. 어떤 날은 그냥 물만 데워 마시는데 바로 오늘 같은 날이다. 몸이 좋지 않을수록 이렇게 텅 빈 물을 마신다. 비었지만 물로만 꽉 차 있는 물이다. 오직 물로 가득한 물이다. 비워진다거나 차 있다는 말은 이렇게 어느 방향이든, 반쪽만 표현한 것이다. 기껏해야 반만 볼 수 있거나 반만 이해할 수 있다. 언제나 또다른 측면이, 보지 못한 면이 전후 어딘가에 같은 사이즈로 존재한다. 앞 페이지와 뒤 페이지를 한 번에 볼 수는 없는 일이다.

9

존재가 가지고 있는 것이 실루엣이다. 멀리서 세상을 에워싸는 산의 수평적인 실루엣, 높고 낮은 강직한 건물들의 수직적 실루엣, 건물들 사이로 달리는 다양한 차량의 실루엣, 지나가는 사람들, 모두 다르고 비슷한, 어디로 흘러가는지 모르지만 끊임없이 출몰하는 작은 실루엣, 창가에 서서 이 세계의 실루엣을 본다. 실루엣에 인사를 보낸다. 실루엣을 철수하지 않고 지속하는 세계에 경의를 표한다. 세계의 윤곽이 아직 위험에 처하지 않았음에 안도한다. 이 세계가 외형을 가지고 있기에 나는 눈을 가지고 있다.

오랜만에 교외로 차를 몰고 나갔다. 오전부터 머리가 지끈거리고 아파서 서성거리다가 탈출하듯 뛰쳐나가 시동을 켰다. 지하에 얌전히 주차되어 있는 차를 깨워 한 시간을 넘게 달리니 머리가 조금 나아지는 것 같았다. 나무와 텅 빈 들판과 산등성이와 강가를 지나는 길이었다. 시내를 벗어나는 것만으로 좋아진 듯했다. 조용하고 커다란 카페를 찾았고 커피를 주문해 2층으로 올라갔다. 2층은 크고 작은 수목들만 가득할 뿐 테이블들은 텅 비어 있었다. 사방의 벽 전체가 유리로 되어 있어 겨울의 풍경이 그대로 쏟아져들어왔다. 창가 쪽 의자에 몸을 던져 머물렀다. 늦은 오후가 기우는 것을 그냥 바라보았다.

시간이 흘러갔다. 점점 더 가벼워지는 듯했다. 감정은 공간적인 것이라는 생각이 든다. 넓게 트인 밖을 바라보며 전체가 비어 있는 2층에 머무르니 집에서의 심리 상태와 다르다. 감정은 들여다보거나 극복하는 것이 아니라 피하는 것인가보다. 비켜서는 것이다. 공간이 이것을 가능하게 해준다. 장소를 바꾸면 방금 전의 장소에서 가졌던 감정도 바뀐다. 감정은 내 안에 있는 것이 아니라 내가 머문 공간 안에 담겨 있는 것 같다. 그런데 왜 그동안 감정이 내면에 있다고 생각했을까. 내가 감정을 들고 다닌다고 생각했을까.

아마 기억 때문일 것이다. 감정을 기억하기 때문에, 기억의 주체인 나에게 감정이 들어 있다고 생각했던 것이 아닐까. 하지만 감정의 기억과 감정의 소재는 분명 다르다. 나는 감정을 기억하는 것이고 공간이 감정의 처소일 것이다. 물론 감각적으로는 잘 구별되지 않는다.

카페를 둘러본다. 피난처 같다. 조금만 더 머물렀다 일어서야겠다. 집에서의 감정들로부터 멀어지고 그 감정들은 상대화되고 있다. 감정과의 거리도 생긴다. 그리하여 마음이라는 것으로부터 벗어나게 되는가보다.

11

날이 몹시 추웠다 풀렸다를 반복한다. 며칠 동안 영하 10도가 넘는 한파에 움츠리고 지내다보면, 햇살이 말할 수 없이 따뜻하게 느껴지는 영상의 기온이 선물처럼 찾아온다. 겨울 날씨가 가장 온도 변화가 크고 역동적이다. 1월은 그 힘을 제대로 보여준다. 힘 속에서 나의 선잠은 움트고 단단해진다.

2월

1

날씨가 너무 추웠다. 단단히 입고 산책을 나갔지만 늦은 밤이라 그런지 집을 나섰을 때보다 온도가 조금씩 더 내려갔다. 대부분의 상가가 문을 닫은 썰렁한 거리를 몸을 움츠리고 걸었다. 패딩에 달린 모자를 깊이 뒤집어써도 찬바람이 불어와 얼굴이 얼어버리는 느낌이었다. 맵고 날카로운 바람이었다. 굳어진 얼굴 위로 눈물이 흘렀다. 눈물이 얼굴을 조금씩 녹였다. 너무 추워 눈물이 나온 것 같았다. 차가운 온도가 몸에서 눈물을 불러내는 어려운 역학을 이해할 수는 없지만, 신체의 이 반응은 이례적이면서 적절해 보였다. 눈물을 닦으며 돌아서야겠다는 생각을 했다. 눈물이 나를 설득한 것이다. 집으로 돌아오는 길에는 차량도 많이 뜸해져 있었다.

2

아침이 찾아온다. 아침은 묵음이다. 찬란한 빛을 들고 오는 아침은 소리를 내지 않는다. 소리가 없어서인가, 아침에 속하지 못하고 아침의 찬란함에 깃들지 못한다. 아침을 제대로 바라보지도 않는다. 대신 하루의 일정을 바라본다. 일정에 모든 것을 쏟아붓는다. 하지만 불현듯 아침의 거대한 묵음과 일정의 떠도는 소음이, 그 대조가 마음을 날카롭게 파고들 때가 있다. 대조에서 고통과 리듬을 함께 느끼기도 한다. 묵음과 소음의 간극이 커졌다 작아졌다를 반복한다.

쓰는 글에 날짜가 없다. 날짜를 써야 한다. 날이 가기 전에 날을 호명해야 한다. 벌써 많은 날이 가고 있다. 잠재우지 못하고 흘려보낸 날들, 모두 어디로 갔는가. 그날들을 어디 가서 찾아야 하는가. 거리의 날들을 따라, 거리를 따라 머뭇거리며, 붉은 포인세티아가 피어 있다.

4

수건을 쓸 때마다 얼마나 젖었는지 살핀다. 하루에 한두 번 갈아놓지만 젖은 듯하면 바로 세탁기에 넣는다. 손은 공중을 돌아다니다가, 책장을 넘기다가, 서랍을 뒤지다가, 물건을 옮기다가, 결국 그러한 순간들을 씻어내려 한다. 아무것도 남기지 않으려 한다. 낱낱이 씻어낼 수 있다는 듯하다. 그리고 마지막 순간에 수건을 찾는다. 수건은 손을 제자리로, 아무것도 만지지 않은 상태로 돌려놓는다.

물병이 쓰러지면서 물이 쏟아진다. 물이 식탁 위를 흘러간다. 컵과 바구니로 다가간다. 옆에 있던 냅킨이 먼저 젖는다. 물은 고스란히 방향 없이 납작해진다. 물병을 금방 잊는다.

쏟아지는 언어를 생각한다. 감당할 수 없는 언어들, 방향을 놓아버린 언어들을 생각한다. 방향이 없고, 기억이 없고, 얼굴 없는 언어들이 눈처럼 허공에서 쏟아지는 것을 생각한다. 왜 시가 있는 것인가. 시는 눈발이 날리듯 춤을 추며 시를 버리는 언어들이다. 시를 버리고 지상에 도달하는 언어들이다. 허공에서 지상으로 흩날리는 언어들이다.

6

일을 할 수 있으면 좋겠다. 단순하게 일에 들어섰으면 좋겠다. 일을 기다리고, 일할 수 있는 상태를 기다리고, 일의 불안과 졸음이 먼저 찾아오고, 그러지 않았으면 좋겠다. 무감하게 일했으면 좋겠다. 무감이 중요하다. 바닥이 따뜻하고, 벽은 벽으로 이어져 있는 무감이 필요하다. 고양이가 울어도 그 울음소리가 창으로 옮지 않았으면 좋겠다. 모든 창이 같이 우는 밤이다. 창에 미세하게 금이 갈 것이다. 다시 일어서고 만다. 밖을 내다본다. 보이지 않는 금 사이로 일을 끝내고 귀가하는 사람들이 보인다.

항상 가까이 있는 것 중의 하나가 펜이다. 가는 곳
마다 펜이 넘친다. 책상 위 펜 통에만 있는 것이 아니
다. 집안 곳곳에 흘러다닌다. 화장대나 책꽂이뿐 아니
라 어느 서랍을 열어도 당연한 듯이 들어 있다. 특별
히 산 기억도 없는데 이렇게 펜이 굴러다니는 것이 신
기하다. 어디를 가나 펜을 주기 때문일 것이다. 설명
회나 모임에 가면 책상에 펜부터 놓여 있다. 거리에서
도 광고용 티슈나 펜을 나눠주곤 한다.

펜이 흘러넘친다고 해서 여러 개 들고 다니는 것은
아니다. 그냥 한두 개를 오래 사용하는 편이다. 작년
에 퍽 오래 썼던 펜이 있었다. 어느 학원에서 홍보용
으로 지나가는 사람들에게 나눠준 것이다. 오래 써도
잉크가 뭉치지 않고 깔끔해서 가방 앞 포켓에 넣고 다
니며 애용했다. 시집이 나왔을 때 그 펜으로 사인을

해서 지인들에게 보내기도 했다. 더이상 잉크가 나오지 않았을 때 하는 수 없이 다른 것으로 이동했다. 이번에는 0.38mm 심이었는데 좀 가늘게 느껴지긴 했지만 빨리 적응이 되었다. 모든 펜에는 양보할 수 없는 특성이 있다.

오늘 오전에 카페에 갔을 때 일이다. 옆 테이블에 한 학생이 앉아 있었다. 휴대폰을 들여다보며 노트에 무언가를 열심히 메모하고 있었다. 그러더니 곧 펜을 손으로 돌려댔다. 손 위에서 펜이 빙글빙글 쓰러지지도 않고 현묘하게 돌아갔다. 그다음에는 펜을 입에 길게 물고 심각한 표정을 지었다. 무슨 생각에 집중하는 듯하더니 다시 펜을 손으로 돌려댔다. 펜은 결코 떨어지지 않았다. 그의 손과 입으로 경쾌하게 옮겨다녔다. 펜이 어디서 멈출지 알 수 없었다.

8

하루에도 몇 번씩 바닥을 닦아낸다. 청소기가 소리를 내는 것이 싫을 때 그렇게 한다. 바닥에 떨어지는 것이 얼마나 많은지 실감한다. 과자나 온갖 부스러기들을 쫓아다닌다. 돌아서고 나면 또 떨어져 있다. 물방울도 한몫한다. 싱크대나 식탁 주변에 한두 방울 도사리고 있다. 무엇을 먹거나 마시거나 어떤 일을 하면 이렇게 어김없이 흔적들이 남는다. 아니, 아무 행위를 하지 않아도 머리카락이 떨어지기도 한다. 무엇이든 아래로, 바닥으로 떨어지는 것이다. 떨어지는 것들을 나는 아무것도 잡지 못한다. 단지 떨어진 것을 치울 뿐이다. 그래서 나는 천천히, 천천히 떨어지렴, 내가 바라볼 수 있게, 하고 말한다. 아무 소용 없다. 먼지는 오래전에 떨어진 것도 잘 보이지 않는다. 바닥뿐 아니라 바닥이 아닌 곳에도 켜켜이 쌓여 있다.

문학작품에서 아우라를 지니고 감동을 주는 인물은 싸우는 주체다. 소설은 말할 것도 없고 시에서도 마찬가지다. 이 주체는 자신과 싸우고 운명과 싸우고 세계와 싸운다. 싸울 것이 없으면 대상을 만들어서 싸운다. 심지어 싸움과 싸울 수도 있다. 왜 싸우는지 그 이유를 알고 있으면 좋고, 모르면 알기 위해 싸운다. 싸움의 결과는 중요하지 않다. 패배도 귀하게 처리된다. 오히려 패했을 때 싸움이 빛난다. 패배하면 싸움이 끝나지 않기 때문이다.

싸움의 강조는 근대적 사유와 연결된다. 적이나 극복해야 할 대상이 보이고 나아갈 방향과 목적이 있을 때 싸움이 필요하다. 만약에 이런 것들이 모호하거나 소멸한다면 싸움의 유효성 역시 사라진다. 내가 너와 다르지 않을 때, 적이 무엇인지 알 수 없게 될 때, 왜 극복이 필요한지 의문스러울 때, 싸움은 설 자리가 없어진다. 따라서 근대 이후의 발상에서는 별로 싸우지 않는다.

싸우는 것이 아니라 놀이를 한다. 향유한다. 도대체 무엇을 위해 싸움과 같은 그런 힘의 낭비를 하는가. 그럴 필요가 있는가. 그러므로 만약 지금 싸움 비슷한 것이 등장한다면 그것은 싸우기 위해서가 아니라 싸움을 이용하기 위해서일 것이다. 싸움은 많은 것을 가지고 있다. 에너지, 감각, 열정, 어리석음, 격발성, 속도와 변화 등등. 강하고 움직이는 것들이다. 이 요소들은 눈에 띈다. 이른바 근대 이후의 태도에서는 이런 것들을 상황에 따라 임의로 쓸 수 있다.

싸움도 클리셰가 될 수 있을까. 싸움은 아주 두터운 클리셰 덩어리로 되어 있다. 따라서 포스트모던은 클리셰를 제거하는 것이 아니라 활용한다. 사실 포스트모던은 무엇도 버리지 않는다. 버리거나 버리지 말아야 할 것에 대한 가치판단을 하지 않는다. 그래서 포스트모던이라는 이 낡은 말도 버리지 않고 아직도 달고 다닌다.

조향의 시가 떠오른다. 「EPISODE」에 등장하는 소녀의 태도는 놀랍기도 하고 신기롭기도 하다. 왜 소녀는 소년이 겨누는 총구 끝에 가만히 손바닥을 대는 것이며, 총알이 발사되어 손바닥에 구멍이 났을 때 "아이! 어쩜 바다가 이렇게 똥그랗니?" 하고 태연하게 말하는 것일까. 현실을 벗어나 다른 세계에 존재하는 것 같은 이러한 모습은 어떻게 가능한 것일까.

이 시에 등장하는 총이라는 싸움의 도구는 곧바로 놀이 도구로 변하고 있다. 총을 이용해서, 총알이 지나간 구멍을 통해 바다를 구경하는 것이다. 바다를 동그랗게 만드는 신기한 놀이다. 총은 싸움의 클리셰를 지닌 채 놀이에 활용된다. 1952년에 쓰인 시다. 우리 시문학사에 이렇게 빨리 포스트모던이 나타난 것이다. 무슨 운동이나 흐름이 아니라 파편처럼. 그래서 그럴듯하다.

오전에 책상에 앉으면 더 바랄 일이 없다. 글을 쓰지 않아도 괜찮다는 생각이 든다. 빛이 조금씩 더 넓게 퍼지는 것을 바라본다. 빛이 먼산의 능선에 부드럽게 놓여 있다. 빛이 앞 동의 꼭대기에서 흘러내린다. 세워져 있는 자동차의 보닛에서 빛이 반짝거린다. 빛이 거리에 온통 가득하다. 빛이 나의 왼쪽으로 들어온다. 왼쪽에 놓여 있는 책의 표지를 비춘다. 글자들이 꿈틀댄다. 빛이 조금씩 더 들어오면서 노트북의 키보드 위에 어른거리다가 키보드 위에서 움직이는 손을 간지럽힌다. 손이 녹는다.

지상에서 빛을 보았다, 라고 오늘 만나는 사람에게 이야기할 것이다. 거리에 쏟아지는 빛을 보았다고. 그리고 빛이 내게 와주었던 것을 기억할 것이다. 왼쪽 어깨, 손의 감미로움, 날개를 달아주듯 가볍게 몸을 띄워주던 빛의 따뜻한 손길.

집 앞에 24시 빨래방이 있다. 불이 늘 환하게 켜 있고 보통 한두 사람이 있다. 오늘도 두 사람이 보인다. 세탁물을 세탁기에 넣고 기계가 작동되는 동안 기다리는 모습이다. 커다란 테이블에 몇 개의 의자가 있는데 대개 그렇듯이 테이블의 양끝 귀퉁이에 그들은 앉아 있다. 둘 다 휴대폰을 들여다본다. 세탁이 먼저 끝나는 사람이 일어설 것이고, 그러면 한 사람이 남을 것이다. 한 공간 안에 가까이 있지만 완전히 다른 세계에 있는 사람들의 익숙한 모습이다.

바로 옆을 전혀 알지 못하는 사람들로 채운 것이 도시이고 도시의 미학이다. 낯선 사람들과 일시적으로 동거하고, 세계가 친밀하지 않은 것에 적응하면서 감정은 밖으로 나오는 방법을 모른다. 육체 안에 그냥 머물러 있다. 머물러 있다가 소멸된다. 이런 장면을 잘 보여주는 것이 에드워드 호퍼의 그림이다. 그의 그림 속 인물들은 누구에게 말을 붙일 줄 모른다. 감정은 육체 안에서 움직이지 않고 고여 있으며 언어가 되지 않는다. 카페에서, 식당에서, 열차에서, 방에서 그들은 스산한 육체를 입은 채 혼자 있다. 창백한 불빛도 이 말 없는 인물들과 그들의 정지한 감정을 흔들지 못한다. 빨래방을 지나니 편의점이 있다. 이 작은 룸 안에도 플라스틱 테이블에 호퍼의 인물이 앉아 있다.

　겨울새가 날아오더니 아파트 단지 안의 작은 나무
에 앉는다. 낮은 곳에서 두리번거린다. 잎이 하나도
없는 작은 나무를 어찌 선택했을까. 새가 날아간 뒤의
나무를 바라본다. 시선이 가장 낮아지는 때가 2월인
것 같다.

1

오후에 공원에 갔다. 야산이라 할 수 있을 정도의 언덕이 이어지고 경사로가 에워싸고 있는 공원이었다. 입구의 공원 안내판에서 멀지 않은 곳에 운동기구가 놓여 있고 여러 사람이 이용하는 것이 보였다. 아무도 이용하지 않는 것은 맨 끝에 있는 철봉이었다.

그냥 지나치다가 멈추었다. 철봉에 머무르는 것은 지는 빛이었다. 지는 빛이 홀로 매달려 있었다. 누군가에 의해 이렇게 기다란 쇠막대기가 수평으로 놓였을 때, 거기에 처음 매달린 것도 이런 빛이었을까. 철봉에 두 손을 올려놓던 오래전의 기억이 떠올랐다. 아주 오래 매달리고 싶었지만 금방 미끄러져 떨어졌던 것이다. 그것은 균형도 아니고, 힘도 아니고, 운동도 아니었다. 그냥 미끄러짐이었다. 손으로 철봉을 잡았지만 몸을 땅에서 떠우는 순간 그것으로 끝이었다. 손은 수평의 바를 놓치고 말았다. 그리고 놓친 사람에게, 철봉은 그야말로 절대적 수평이 되고 말았다. 미끄러지지 않는 법도 있을까.

한 아이가 뛰어오는 소리가 나더니 철봉에 매달렸다. 턱걸이를 몇 번 하더니 두 다리를 허공에서 엇걸며 철봉에 걸치는 자세를 취했다. 그러곤 두 손과 두 발로 철봉을 안듯이 매달렸다. 둥근 몸이 철봉 아래 편하게 놓였다. 나는 얼른 자리를 피했다. 아이가 미끄러져 떨어지지 않기를 바랐다.

2

하루종일 책장 정리를 했다. 그동안 책꽂이나 책상 여기저기에 올려놓은 시집들을 모두 모아서 알아볼 수 있게 시인별로 새로 꽂았다. 아무리 정리를 해도 다시 흐트러지고 쌓이는 책들을 주기적으로 정리하곤 하는데 오늘이 그날이다. 대학 때 산 시집들은 색이 많이 바래기도 했고, 이사를 몇 번 하면서 눈에 띄게 상한 것들도 있다. 오래된 시집이 최근 시집과 어울려 새로 자리한 것을 보니 출판사별로 들쭉날쭉한 키와 색깔, 종이 질감의 다채로움이 먼저 다가왔다.

여러 시대의 시가 함께한다는 것은 무슨 뜻일까. 나란히 있다는 것만으로도 역사가 이루어지는 것일까. 시집들에서 서로 연결된 길이 보이는 것은 아니다. 시인들은 각자의 길을 떠났을 뿐이다. 하지만 고전이 현대의 가능성을 열었듯이, 현대의 시들이 있어

고전은 계속 살아 있을 수 있다. 이러한 생각을 하다 보면 흥미로운 발견을 하게 된다. 고전과 현대가 서로 영향을 주고받는다는 사실을 넘어 사실, 양자가 그렇게 분리되지 않는다는 점이다. 고전이란 아마도 현대성을 선취한 작품을 일컬을 것이다. 현대가 들어 있지 않으면 고전이 될 수 없다. 작품이 낡으면 사라지는 까닭이다. 결국 낡지 않아야 고전이 되는 것이다. 그리고 현대의 작품들에는 그야말로 고전이 녹아 있다. 제대로 잘 녹아 있을수록 좋은 작품이다. 고전에서 더 나아가야 비로소 현대시가 되기 때문이다. 그렇지 않으면 이것 역시 사라지게 마련이다. 고전이면서 현대시가 되는, 그리고 그 역도 성립되는 시문학사가 쉼없이 재편되는 곳이 이 작은 책장이다.

오전에 화분에 물을 준다. 늘 그렇듯 물이 천천히
스며들게 한다. 일주일에 한 번 주는 것과 2주에 한
번 주는 것이 겹친 날이다. 화분에서 물 내려가는 소
리를 들으며 흙냄새를 맡는다. 무어라 형언하기 힘든
냄새다. 오전에 식탁 끄트머리에 붙어 있는 땅콩 껍질
을 발견한다. 껍질을 집어올린다. 처음에는 안 되다가
두번째 시도로 그것을 들어올려 쓰레기통에 버린다.
쓰레기통에는 먼저 들어가 버린 땅콩 껍질들이 있다.
지금 버린 것과 먼저 버린 것들이 구분되지 않는다.

식탁 의자에 걸쳐져 있는 스웨터를 몸에 두른다.
거실 가운데를 걸어가는데 웬일인가, 갑자기 바닥이
푹 꺼지는 듯 출렁이는 느낌이 든다. 멈춰 서니 괜찮
다. 무엇이었을까 생각한다. 찰나의 심연이라는 것이,
어디서 오는 것인가. 높은 층도 아닌데 알 수 없는 일이다. 서 있을 때면 가끔 이런 아득한 휘청임이 있다. 하지만 곧 심연 따위는 잊어버린다. 그렇게 하는 것이 좋을 것 같다. 오전에는 오전에 대해서만 생각하려 한다. 그런데 오전에 대해 생각한다는 것이 어떤 것인지 모르겠다.

빛의 각도가 천천히 바뀐다. 앉아 있는 자리의 오른쪽에서 왼쪽으로 빛이 이동한다. 처음에는 사선으로 기울어진 사각형 모양이었다가 반듯한 직사각형이 되었다가 다시 기울어진 모습으로 변해간다. 빛의 사각형 속에 앉아 있다.

빛 속에 많은 것이 있다. 아니, 부유물이 있다. 무엇인지 알 수 없는 것들이 떠다닌다. 희미하고 잡을 수 없다. 손 위에 얹힌 듯해도 어느 틈에 사라지고 없다. 착각일 것이다. 그저 손 위를 스친 것이 분명하다. 눈에 보이는 것 같지만 잡을 수 없고, 잡은 듯하지만 보이지 않는다. 그냥 먼지라고 편리하게 이름 붙이는 것들이다.

먼지든 뭐든 빛 속에 떠 있는 것들을 바라본다. 빛 속에서 흔들리는 그것들은 빛을 건너고 있다. 제자리

에서 빛을 건너고 있다. 최소한의 크기로 존재를 축소
시켜 움직여도 움직이지 않고, 움직이지 않고 움직이
는 법을 터득한 것이다. 동과 부동이 일치하는 상태
가 이 부유물들이다. 언제나 그중 어느 한쪽으로 나아
가려 하는 나의 미천한 시도를 넘어선 존재들이다. 이
존재들이 빛에 흔들리며 빛을 흔들고 있다.

휴대폰으로 메일 온 것을 확인한다. 열어볼 필요도 없는 것들이 몇 개 와 있다. 그냥 지워버리곤 하는데 오늘은 그냥 둔다. 저절로 뒤로 밀려날 것이다.

휴대폰을 치우고 보내야 할 원고를 붙잡는다. 써놓은 작품이 점점 더 마음에 들지 않는 것은 모든 작가들이 겪는 일이다. 내가 쓴 것뿐 아니라 근래에는 다른 작품들도 눈에 잘 들어오지 않는다. 한달음에 읽거나 세심히 들여다보아도 마찬가지다. 어떤 싫증이 자라고 있다. 높고 뾰족한 시를 원하지만 눈에 띄는 높이는 거슬린다. 낮고 강렬한 시를 보고 싶어하지만 익숙해진 화법에 돌아선다. 높고도 낮은, 기교가 하나도 없지만 놀라운, 손댄 것 같지 않지만 정밀하게 짜인, 그런 시를 바란다.

시를 쓰는 일에 싫증이 커져만 간다. 물론 싫증은

단순함과 복잡함의 어느 한쪽으로 경사되지 않으려는 방어기제에 불과할 것이다. 단순하지만 단일하지 않고, 복잡하지만 내밀한 흐름이 있는, 아직 가보지 않은 길이 있다. 언제나 있다. 싫증은 그 길을 찾아야 한다는 신호다. 신호를 받아야 알 수 있는 것이다.

초저녁부터 기침이 나오더니 새벽에 기침 때문에 잠에서 깨었다. 3월에는 그러려니 하지만 한번 깬 잠이 다시는 오지 않았다. 거실로 나와 따뜻한 물을 마시고 정적 속에 앉았다. 정적에서 한걸음 물러나고 싶어도 동서남북 어디로도 물러날 길이 없었다. 며칠 동안 이런저런 곳을 들르고 의견을 내고 분주히 움직였어도, 이와 다를 바 없는 정적을 되풀이했을 뿐이다. 무엇을 하든, 어느 곳을 가든, 이 정적을 들고 다닌 것에 불과했다. 내려놓을 줄 모르고, 치우지 못하고, 정적을 메고 글을 썼다. 글에 정적을 적어 넣었다. 기침을 해도, 새벽이 와도, 그대로 정적이었다.

항상 이 거리에 있었다. 차들이 지나가고, 정류장에서 사람들이 버스를 기다리고, 상가가 문을 열었다가 닫고, 문을 닫고도 안에 불을 켜놓은 상점들이 줄지어 있고, 술 취한 사람이 비틀거리며 지나가고, 붉은색과 푸른색 신호등이 번갈아 꺼졌다가 켜지는 거리에 있었다. 오랜 세월이 지나도 변함없는 장면일 터였다. 천국에서도 지옥에서도 같을 것이다. 어느 때가되든, 누구와도 부딪치지 않고, 이 풍경 어디에도 닿지 않고, 나는 이렇게 걸어가고 있을 것이었다. 도달하지 못한 걸음을 지속시킬 뿐이었다. 한 거리를 벗어나도 다른 거리에 있었다. 거리를 떼어내지 못하고, 오늘도 거리에 있었다.

8

작품을 쓰는 것이 어렵다. 일시적으로 어떤 파편들을 쓸 수는 있지만, 무엇보다 시는 말로 된 그림이다. 이미지를 볼 수 있어야 한다. 사물이든, 사건이나 장면이든, 이미지를 강조하면 물성, 가시성이 두드러지게 된다. 대상과 현상의 감각적 포착을 능가할 수 있는 것은 없다.

하지만 사물의 어떤 이미지인가. 어떻게 제시해야 하는가. 이미지가 선명해지는 방법의 하나로 사물이 누적된 제 이미지를 벗어나 다른 이미지로 넘어가는 것을 들 수 있다. 이미지의 익숙함과 새로움이 겹치게 되는 순간이다. 이때 익숙함은 제대로 지렛대 역할을 해야 한다. 익숙한 것에 의해서 그에 대한 배반이 가능하기 때문이다. 배반에서 놀라운 것을 볼 수 있다. 이렇게 놀라움은 익숙함과 잘 결합되어 있다. 단지 놀라움을 주려는 시에서는 이것이 결여되어 있다. 놀라움을 의도하는 것만으로는 언제나 충분하지 않은 것이다. 놀라움을 주려는 것과 놀라운 것은 완전히 다르다.

시에서 찾아볼 수 있는 놀라움은 결국 익숙한 것과의 관계를 제대로 정립하는 데서 가능해진다. 이는 익숙한 것을 배제하는 것이 능사는 아니라는 뜻이다. 그무엇도 배제할 필요는 없다. 아니, 시인은 아무것도 배제할 수 없다. 생각해보면 익숙하다고 하는 그 무엇도 익숙하기에, 알 수 없는 것이다. 익숙할수록 알 수 없다. 그러므로 무엇을, 어떻게 배반한다는 말인가.

또 오후가 간다. 하루가 간다. 봄날이 간다. 날들을
배웅한다. 나는 먼저 돌아서지 않는다. 가는 날들을
배웅하며 제자리에 서 있다. 날들이 오고 가고 할 뿐,
여기 서서 날들을 배웅하고 있는 것을 보면 내가 날들
과 묶여 있지 않은 것이 확실하다. 그런데 배웅의 흔
적이 얼굴에 육체에 새겨진다. 해마다 흔적이 깊어지
고 사라지지 않는다. 오가는 것을 되풀이하는 세월은
변함없는데, 그렇게 꽃이 피는 봄이 왔다가 갈 뿐인
데, 나는 변해간다. 배웅이 이토록 격렬하게 나를 흔
드는 것인가.

머리를 짧게 커트했다. 연중 가장 짧게 자른 것 같
다. 눈앞에 머리카락이 찰랑거리며 내려오는 것이 거
슬렸다. 3월이라 그런가, 뭐든 걷어내고 싶은 생각이
들었다. 머리카락도 예외가 되지 못했다. 되지 않았느
냐는 미용사에게 조금만 더 짧게 잘라달라고 두 번 말
했다. 잘린 머리카락들이 발치로 떨어지는 것을 보았
다. 무엇도 붙잡고 싶지 않았다. 붙잡기는커녕 바닥에
떨어지기 전에 일단 얼굴에 붙은 짧은 머리카락 한 올
을 보자마자 떼어버렸다. 미용사는 손거울을 들고 와
서 옆과 뒤의 머리 모습을 비춰주었다. 그냥 고개를
끄덕였다. 이제 어떻게 할 것인가. 어디로 갈 것인가.
미용실을 나와서 걸으며 건물의 수를 셌다. 건물과 건
물 사이의 골목길도 셌다. 가장 좁아 보이는 골목길로
들어섰다.

방을 치우는데 작은 나사못 하나가 굴러다녔다. 어디서 빠졌는지 주변을 둘러보아도 알 수 없었다. 책상 위의 물건들을 하나씩 들어보고 의자를 뒤집어보기도 했다. 그럴 리 없는 서랍장도 열어보고 서랍 하나하나를 살펴보았지만 소용없었다. 무엇인가 이 나사못을 놓침으로써 비틀대고 있을 텐데, 작은 비틀거림에서 균형을 잃고 곧 걷잡을 수 없이 무너질 텐데, 찾아낼 수 없었다. 태연을 가장하고 있는 가구들을 잠시 바라보았다.

나사못을 화장대 위에 올려놓았다. 튜브나 둥근 플라스틱 통에 담긴 로션, 여러 종류의 크림, 머리빗들 옆에 나사못이 추가되었다. 화장대 앞에 설 때마다 나사못을 보았다. 다른 것은 그대로인데 나사못은 왠지 볼 때마다 위치가 좀 바뀐 것 같은 느낌이 들었다. 작고 둥근 머리 방향도 처음 놓일 때와는 달라진 것 같았다. 나사못이 움직이는 중인가? 이러다 어느 날 사라져버릴지도 모를 일이었다. 그래서 어디에서 떨어져나왔는지 끝내 알지 못하게 될 것이다.

4월

1

봄에는 거르지 않고 쑥국을 끓인다. 작정하고 쑥을 사러 나선다. 시장으로 들어서기도 전에 도로에 야채 상들이 있다. 여러 상인이 나물과 야채를 둥근 플라스틱 바구니에 담아 판다. 모퉁이에 늘 반가이 맞아주는 할머니가 보인다. 오늘도 쪽파를 다듬는 할머니 앞에는 감자, 고구마, 방울토마토, 상추, 시금치, 양파가 있고, 여린 쑥이 눈에 들어온다. 초록의 쑥이 빛깔과 모양도 곱게 바구니에 들어 있다. 쪼그리고 앉아 쑥의 은은한 냄새를 맡는다. 국을 끓이기에는 너무도 어린 쑥에 마음이 짠하다. 가장 큰 바구니에 들어 있는 쑥을 사서 일어선다. 이 쑥은 어디에서 구하셨느냐는 물음에 할머니가 웃기만 하신다.

2

도처에 꽃이 한창이다. 지나가며 눈으로만 바라보다가 잠깐씩 꽃나무 아래 서 있곤 한다. 나무를 벗어났다가 다시 나무 아래 들어서기도 한다. 꽃나무 아래 서 있으면, 꽃이 떨어지는 것을 숨죽이고 보고 있으면, 내 눈동자가 불현듯 더 검어지는 것 같다. 이윽고 또 한번 발을 헛디디는 것 같은 현기증이 온다.

"꽃나무는 제가 생각하는 꽃나무에게 갈 수 없다" 라는 인상적인 구절은 이상 시인의 것이다. 생각이라 는 말이 어렵다. 제가 생각하는 꽃나무라는 것이 무 엇일까. 왜 갈 수 없을까. 생각은 거리를 필요로 하고, 그래서 생각을 하면 갈 수 없고, 도달하면 거리가 사 라지고 생각할 수 없어서이기 때문이라 우선 짐작해 본다. 아니다. 정반대일지도 모른다. 오히려 생각으로 도달하는 것인지도 모른다. 그리하여 꽃나무가 꽃나 무에게 갈 수 없는 이유는 이미 도달해 있기 때문인지 도 모른다. 이미 도착한 것이기에 갈 수 없다.

4

손을 씻는다. 하루종일 손을 씻는 것 같다. 손을 씻는 일로 일의 단락을 짓는다. 이 일을 하다가 저 일을 하다가 혹은 이 일을 하기 위해서 다른 일을 하기 위해서 손을 씻는다. 주방에 있던 손, 거실에 있던 손, 방에 있던 손이 다른 손이 되기 위해 우선 손을 씻는다. 손은 이리저리 실내를 돌아다니다가 간격을 두고 물을 뒤집어쓴 뒤 수건을 찾는다. 전과 후의 구분을 짓는다. 조금 전의 행위로부터 멀어진다. 이 규칙은 자동적이다. 이 규칙은 오늘 하루를 만든다. 이 규칙과 규칙의 중간에 손가락으로 글자를 두드리며 누군가에게 보낼 문자메시지를 작성한다. 읽어보고 지우고 다시 작성해서 보낸다. 오늘은 아주 긴 문자를 하나 보낸다. 이 규칙은 불규칙하다.

비가 오려는지 잔뜩 흐린 날이다. 대기가 숨을 죽이고 고요가 감돈다. 대기가 숨을 죽이면 모두가 숨을 죽인다. 지금 눈앞에 보이지 않는 다른 곳에서도 이러한 고요를 따르는 것 같다. 모두 숨을 죽이고 고요를 함께 바라본다.

갑자기 정적이 깨지는 한순간을 생각해본다. 비가 한두 방울 후드득거리며 창문에 떨어지거나 주차장으로 들어가는 자동차의 엔진 소리, 휴대폰의 알람 소리, 이런 소리가 가라앉은 기운을 흔들고 아주 얕고도 보잘것없는 소음이 무거운 것을 잊게 만든다. 생활이다. 생활이 고요를 깨뜨리는 순간을 따르면서 한없는 침묵 속에 빠져들지 않고 지낸 것일 테다. 생활은 생활을 보게 한다. 생활로 향하며 우리가 바로 소음이라는 것을 보게 한다. 그러니 고요는 생활이 갑자기 멈추는 상황일 것이다. 비가 오려고 흐려서라기보다는 생활이 문득 멈춰서 고요가 고인다. 나는 일어서서 수돗물을 튼다. 물이 쏟아지는 소리를 듣는다. 생각난 듯이 세면대의 비누 얼룩을 지운다. 고요를 지운다. 생활이다.

언어로 시를 쓰고 글을 쓴다. 언어는 손가락 끝에 붙어 있는 또다른 손가락이다. 언어로 세계를 접촉한다. 세계 역시 언어로 포장되어 있다. 나무와 들판과 빌딩이 언어로 구별되어 있지 않으면 나는 사물들을 이해할 수 없을 것이다. 언어로 존재를 맞이하고 존재는 언어로 되어 있다. 나는 언어이고 너도 언어이다. 나라는 언어가 나의 언어로 너라는 언어에 다가간다. 나의 언어에 의해 너의 언어는 펄럭이고 반짝인다. 너의 언어에 의해 나의 언어는 흩어지고 모인다.

하지만 간혹 언어의 포장이 찢어지는 순간이 있다. 언어로 다가갈 수가 없다. 덮을 수가 없다. 나도 언어가 아니고 너도 언어가 아니다. 이 세계는 알 수 없다. 알 수 없는 순간, 표현할 수 없는 순간, 위태로운 순간이다. 언어로 조립되지 않는 순간이다. 그래도, 그러한 순간에도 언어를 생각한다. 언어의 불능이 노출된 자리에서 불가능한 언어, 부족한 언어의 도래를 기다린다. 기다리는 일 외에 다른 것은 없다. 찢긴 포장을 만지작거린다.

마음이 어지러우면 박물관에 가서 백자를 본다. 한 미술관에서 봄 내내 고미술전이 열리고 있었다. 토요일 하루를 냈다. 어두운 전시실 내부에 수백 점의 백자가 은은한 조명 아래 놓여 있었다. 백자들을 벽에 붙이지 않고 실내 가운데에 배치해서 사방에서 볼 수 있도록 한 배려를 누렸다. 백자들을 중심으로 빙글빙글 돌았다.

절제가 예술의 미덕이라는 말을 숱하게 들었다. 이 말을 실감하기는 어려운데, 절제를 억제로 바꾸면 좀 다가왔다. 억제가 예술의 근간일 수 있겠다. 하지만 백자의 억제는 그러한 표현이 섣부르다는 느낌이 들 정도로 세심하게 살아 있다. 백자는 억제를 통해 형체를 드러낸다. 형체의 정점에서 휘도는 긴장은 가장 단순하고 자연스러운 곡선으로 이완된다. 이완되어 흐르는 선은 억제의 힘이 가장 고르게 최종적으로 구현된 순간이다. 형체에 마음을 빼앗기고 나면 빛깔과 문양이 눈에 들어온다. 순백의 색에 물결이나 나뭇잎, 꽃과 열매와 새의 극미한 순간이 새겨진다. 이 문양들은 장식이면서 장식이 아니다. 자생하는 현재다.

장인의 손에서 태어났지만 백자들은 장인의 공작을 훌쩍 넘어선다. 작가를 넘어서 절대적 현존이 된다. 드문 세계다. 운명을 넘어선 예술이 바로 이런 것인가.

어둠이 천천히 내린다. 아주 조금씩 가까이 다가온다. 그토록 조심스럽고 상냥하다. 이윽고 소리도 없이 세계를 채운다. 어둠의 방문을 모두가 알고 있다. 이 방문은 골목의 작은 상점을 문 닫게 한다. 문을 닫은 남자가 돌아서서 담배를 피우게 한다. 그의 옷이 원래의 색보다 더 어두워 보이게 한다. 꽁초를 멀리 던질 때 그의 손이 잠시 어둠을 밀어내는 것처럼 보이게 한다. 어둠은 밀려나지 않는다. 남자는 허공으로 던진 손을 회수하고, 어둠 속으로 멀어진다.

9

몹시 피곤해서 아무것도 하지 못했다. 점심에 어느 식당에서 냉이무침을 먹었는데, 된장무침으로 먹고 싶어서 귀갓길에 냉이를 사왔다. 그런데 기운이 없어 냉장고 야채 칸에 넣어두고 말았다.

언제 피곤이 시작되었나, 냉이가 피곤을 시작했나, 버스가 피곤을 밀어붙였나, 어떤 심리적 출렁임이 피곤으로 떨어뜨렸나, 알 수 없는 일이다.

피곤은 검은 점 같은 것인가보다. 반점 같기도 하고, 찌그러진 점 같기도 하고, 감은 눈 속에서 둥둥 떠다녔다. 좀더 둥근 모양이 되기를, 아니면 좋아하는 타원형 모양이 되기를 벽에 기대앉아 기다렸다.

해가 전혀 나지 않은 흐린 날이다. 모든 움직임이
멈춘 것 같은 조용한 시간이다. 어디선가 물방울 떨어
지는 소리가 난다. 소리가 좀더 확실히 들렸을 때 일
어나 집안을 살핀다. 부엌이나 화장실에 가보아도 수
도는 잘 잠겨져 있다. 물을 틀었다가 잠그는 식으로
더 확실히 체크를 한다. 가습기도 아니다. 자리에 앉
았는데 다시 소리가 난다. 이번에는 일어나서 가볍게
몸을 돌리는 운동을 한다. 고개를 흔들어보고 손목과
발목도 돌리고 허리를 왼쪽 오른쪽으로 틀어보면서
컨디션 조절을 한다. 흐린 날은 어쩐지 몸이 굳어지는
느낌이 있다. 사물처럼 나도 딱딱해지는 기분이다.

여전히 물방울 소리가 난다. 간격이 좀 뜸해지긴
했지만 아니다 싶으면 다시 소리가 들린다. 이제는 귀
를 기울여본다. 기다린다. 내가 들여다본 곳은 모두

아닌데, 어디서 이런 맹목적인 소리가 나는지 모르겠다. 물방울이 어딘가에 묻힌 녹슨 관을 뚫고 떨어져내리는 것일까. 무심한 노크 소리가 반갑다. 물방울이 있어 내가 여기 존재한다는 터무니없는 생각마저 한다. 흐린 날의 동행이다.

여전히 첫 줄이 쓰기 어렵다. 시도 산문도 마찬가지다. 첫 줄은 멀고도 가까워야 한다. 충분히 멀어서 넓고, 충분히 가까워서 생기가 있어야 한다. 그래야 다음 문장이 움직일 수 있다. 다음 문장들은 충분히 움직임으로써 첫 문장의 가능성을 구체화한다. 물론 첫 문장은 보이는 문장이어야 한다. 보이는 문장이 나타날 때까지 아직 글은 시작되지 않은 것이다.

다음 문장들을 쓰기 어렵다. 같이 움직이면서 앞지르는 문장이 나타나야 한다. 앞지르는 문장은 글의 전체 방향을 바꾸고 변화를 준다. 이후 모든 문장에 탄성이 생긴다. 모두 최대치로 뻗어나갈 수 있게 된다. 이 문장들 중 어느 것이 가장 멀리 나아갈지 알 수 없는 일이다. 다른 앞지르는 문장이 언제든 나타날 수 있는 것이다. 모든 방향이 가능하다. 어느 문장도 생각보다 더 멀리 나아갈 수 있다.

　문장을 마치는 일이 어렵다. 마지막 문장은 자신이 마지막인지 모른다. 자신이 여전히 앞지르는 문장이라 생각할지도 모른다. 이제 또 시작이라고 여길 수 있다. 그래서 두려움 없이 삐걱거릴 수 있다. 삐걱대는 소리를 없앨 필요가 없다. 소란이 있든 없든 글에서 문을 닫는 것은 가장 넓게 문을 여는 일과 비슷하다.

하늘이 뿌옇고 멀리 보이는 산도 희미하다. 산 앞에 놓여 산을 가로막는, 높고 낮은 건물들도 또렷하지 않다. 황사 예보는 없었는데도 먼지가 가득하다. 이름처럼 미세한 먼지들이다. 눈에 잘 보이지도 않는 작은 먼지들이 세상에 침투한다. 침투하여 모든 것을 고르고 평평하게 만든다. 사람과 나무와 빌딩과 산이 비슷하게 흐리다. 마치 모든 상황이 종료된 것같이 평등한 잿빛이다.

먼지가 지배한다. 먼지의 시간이다. 먼지가 모든 것을 불분명하게 만든다. 먼지를 오후의 시간과 혼동한다. 몇 시인지 모르겠다. 먼지를 서서히 다가오는 땅거미와 혼동한다. 먼지가 어둠을 잡아당긴다. 먼지가 이 세계를 앞지르고, 돌아다니고, 채운다. 그렇게 하루종일 모든 것이 먼지 속으로 모습을 감춘다. 먼지도 먼지 속으로 들어간다. 아침부터 무엇을 찾고 있었는데, 창고에 넣어둔 작은 다리미였는데, 찾지는 못하고 창에 붙어 서서 꼼짝 없이 먼지만 바라보고 있다.

토요일 아침이다. 물 한잔을 마시고 신문을 읽기 시작한다. 인터넷 뉴스 시대에 아직도 신문을 구독한다. 신문의 커다란 페이지를 보고 싶어서다. 소파에 앉아 페이지를 활짝 열고 가볍게 양면을 훑는다. 집중해서 읽는 경우가 아니라면 대개는 가운데를 접지 않는다. 이렇게 넓은 면을 접할 수 있는 기회를 놓치고 싶지 않다. 무엇이든 편리하게 점점 더 작아지는 시대에 신문의 사이즈는 아직도 우직하기만 하다.

사이즈 때문에 신문의 재치라고 할 만한 것이 생기는데, 바로 기사들의 배치다. 중요한 사건이나 기획 기사도 한 면을 전부 차지하지는 않는다. 귀퉁이에는 전혀 다른 내용이 들어오는데 작은 공간을 차지함에도 위풍당당하다. 서로 어울리지 않는 기사들이 지면을 할거하는 것을 날마다 구경한다. 조율되지 않은 이

편집은 어느 예술보다 더 과감한 데페이즈망이다. 배치로만 보면 하루라는 페이지에 크고 작은 우연이 동거하는 일상과 비슷하다. 한 내용이 여러 면에 조금씩 나눠 나타나는 것도 하루의 경과와 다를 바 없다. 오늘은 단톡방에서 조용히 나가기가 가능해졌다는 기사가 여러 면에 보인다.

신문을 구독하는 또다른 이유는 신문지 때문이다. 재질, 색깔, 촉감, 냄새, 무엇보다 읽을 때 넘기는 소리를 좋아한다. 무어라 표현할 수 없는 소리를 즐기면서 넘긴다. 그리고 살짝 넘기기만 했는데 다 넘기고 나면 완전히 구겨져 있는 소박한 소멸이 좋다.

그늘을 본다. 모든 것이 그늘을 떨어뜨린다. 바닥으로 길게 떨어뜨린다. 떨어진 그늘이 흔들린다. 나뭇잎의 그늘이, 나무의 그늘이, 사람의 그늘이 흔들린다. 흔들리는 것을 본다. 흔들리다보면 이 그늘이 저 그늘이 된다. 자전거의 그늘이 내 그늘이 된다. 내 그늘이 없다. 다른 그늘 속으로 들어간 것이다. 그늘을 따라 걷는다.

3

비가 내린다. 봄에 어울리지 않게 폭우가 온다는
예보가 있었는데 폭우는 아니고 그런대로 많은 비가
내리고 있다. 봄의 서툰 동요를 가라앉히기라도 하려
는 듯 조심스럽고 단호하게 내린다. 비가 나뭇잎에 부
딪히는 소리나 바닥에 닿는 소리가 들린다. 지상에 부
딪히는 소리다. 부딪힘이 짧고 주저함이 없다. 그리고
무심하다. 비는 무심하고 막연히 흘러간다.

그 막연한 흐름을 보고 있으면 천천히 젖어가는 무
언가가 있다고 느낀다. 돌아볼 것이 없는데, 아무것도
없는 것 같은데, 젖어드는 것이 있다. 이것이 마음일
까. 보잘것없이 젖고 마는 이것이. 마음은 낮다. 너무
낮아 잘 보이지 않는다. 너무 낮아 구부러져도 잘 모
른다. 구부러져 있는 마음에까지 비가 내려선다.

정오에 책상에 앉는다. 정오에 노트북을 연다. 무엇을 찾는다. 어떤 움직임을 찾는다. 구름이 움직이듯이, 바람이 움직이듯이, 먼지가 움직이듯이, 미세하게 움직이는 것. 크게 부딪치지 않으면서, 자국을 내지 않으면서 움직이는 것.

말이다. 말을 찾는다. 말을 찾기 어려운 것은 말이 움직이고 있기 때문이다. 벌써 다른 곳에서 움직이고 있기 때문이다. 마찬가지로 말을 찾을 수 있는 것도 말이 움직이고 있기 때문이다. 움직이면서 다가오기 때문이다. 시는 움직이는 말이다. 황홀한 말이다. 하지만 아직 실현되지 않은 말이다. 그래서 움직이지만 움직이지 못한 어떤 것이다. 움직이지 못했기 때문에 움직이는 것이다. 언젠가 네가 건네려 했던 말, 하지만 건네지 못한 말, 그래서 아직도 움직이는 말, 그런 말.

정오에 책상에 앉는다. 빛이 가장 높은 순간에 말을 찾는다. 빛이 어느 방향에서 오는지 모르겠다. 빛 속에서 말이 어느 방향으로 흘러가는지 모르겠다. 빛을 닫아본다, 정오에. 그러면 말이 빛을 열며 나타난다.

맑은 날이다. 대기 중에 날아다니는 것이 많다. 미세먼지가 좀 수그러드니 다른 무언가가 떠다닌다. 일일이 헤아릴 수 없는 꽃가루이다.

꽃가루는 날아다니는 다른 존재들과 비교가 안 된다. 곤충이나 날벌레도 이동에 어떤 경향이 있다. 자신을 유인하는 것에 사로잡히는 육체를 숨기지 못한다. 하루살이같이 미세한 생명체도 빛에 끌리는 특성을 재현한다. 이들은 모두 자신의 경향이나 특성에 잘 포섭되어 있다. 날아다니는 것들은 그냥 날지 않는 것이다.

꽃가루만이 그냥 날아다닌다. 나는 것이 아니라 떠 있다. 하지만 이동하고 있으니 날고 있는 것이라 할 수 있다. 무엇보다 제멋대로 날아다닌다. 무엇에도 사로잡히지 않는다. 붙들리지 않는다. 특성이 보이지 않는 것이다. 그저 움직일 뿐이다. 그 속도도 참을 수 없을 만큼 느리다. 속도라고 볼 수도 없기에 느슨한 속도라는 말이 적절한지도 모르겠다. 느슨하고, 랜덤하고, 그래서 잡을 수가 없다. 어쩌면 자유라는 것에 가장 근접한 예인지도 모른다. 꽃가루는 도착과 출발도 잘 구별되지 않는다. 아무데나 붙었다가 언제 그랬냐는 듯이 떨어져나간다.

정오를 막 넘어선 시간, 태양이 높이 떠 있다. 가장 높은 곳에서 가장 강하다. 갑자기 이 강렬한 빛이 일시에 흐려진다. 눈이 부실 정도로 환하던 지상에 아주 엷은 그늘이 드리운다. 태양이 살짝 구름에 숨은 것이다.

태양이 숨은 것이 아니라 단지 그 아래로 구름이 지나는 것일 테다. 지나면서 태양을 가리는 구름의 순간이다. 아주 얇은 구름이다. 구름은 빛을 막는 것이 아니라 빛을 달랜다. 빛을 감싼다. 구름과 태양은 서로 경의를 표하며, 모두가 볼 수 있지만 아무도 모르는 대화를 나눈다.

대화는 금방 끝난다. 구름은 오래 머무르지 않는다. 태양이 다시 지상에 노출된다. 빛은 직접 지상을 향하고 마음껏 밝은 거리를 만든다. 오후 내내 태양은 식지 않는다.

길 한구석에 놓여 있는 돌을 본다. 운동화 한 켤레만 한 돌이다. 돌은 5월의 길어지는 해와 함께 있다. 오후에 오픈하는 상점들의 시차를 두고 열리는 문 근처에 있다. 한 무리의 학생들이 왁자지껄 떠들며 지나간다. 돌은 짧게 소란 가까이에 있다. 잠시 뒤에는 말을 중단하고 걸어가는 두 사람 뒤에 남는다.

누가 여기에 돌을 가져다놓았나, 누가 떨어뜨렸나. 한 사람이 저 돌에 부딪치거나 넘어질지도 모른다. 또 어떤 사람이 돌을 치울지도 모른다. 나는 돌에 가까이 가지 못한다. 그냥 이만큼 떨어져서 아직 치워지지 않은 돌을 본다. 돌처럼 아직 있는 것들을, 아직 존재하는 것들을 바라본다. 아직 사람들을 따라 흘러다니는 개를 본다. 바뀌지 않은 신호등 앞에서, 아직 머리 위로 지지 않은 해를 본다. 하늘에 걸려 있는.

모험이라는 말은 흔하지만 값있게 들린다. 이 귀한 말은 시에서도 강조된다. 릴케와 모험을 가장 먼저 떠오르게 한 사람은 하이데거이다. 하이데거는 릴케의 시를 예로 들어 존재는 존재자를 모험을 하라고 풀어 놓는 것이라고 했다. 앞뒤를 바꾸어 존재자가 모험을 함으로써 존재하게 된다고 하기도 한다. 어떤 순서로 읽더라도 그의 존재론에서 중요하게 언급되는 것이 모험이다. 모험은 움직임이고 힘이다.

릴케나 하이데거의 모험과는 다른 문맥도 있다. 그들보다 훨씬 이전에 횔덜린이 「히페리온의 운명의 노래」 3연에서 읊은 부분이다. 횔덜린은 고통받는 인간을 절벽에서 절벽으로 떨어지는 물방울에 비유하고 있다. 절벽에서 절벽으로, 불확실한 곳으로 떨어지는 물방울처럼 인간은 이 시간에서 다음 시간으로 맹목적으로 추락해간다는 것이다. 떨어짐과 추락이, 모험 이전에 있다. 절벽에 부딪힌 물방울은 부서지면서 다음 절벽으로 떨어진다. 최후까지, 더이상 부서질 수 없을 때까지 이 과정을 반복한다. 이것을 모험이라고 할 수 있을까. 모험일지라도 곧 죽음으로 마무리된다.

모험이라는 것은 어쩌면 인간에게 던지는 불가능한 위로일 수 있다. 하지만 우리는 모험을 한다는 환상을 한다. 그것이 절벽에서 절벽으로 떨어지는 물방울을 경쾌하게 바라보게 한다.

드디어 어두워졌다. 무사히 어둠이 세계를 덮는다. 신비하고 알 수 없는 것 중의 하나가 어둠이다. 나는 날마다 어둠을 인식한다. 어둠을 바라보며 어둠에 대해 써야겠다고 생각한다. 하지만 아무리 써도 쓴 것 같지가 않다. 어떻게 써도 케케묵은 것으로 나타난다. 무엇도 어둠을 뚫을 수 없다. 간직할 수 없다. 어둠에 아무것도 걸쳐놓을 수가 없다. 반지 같은 확실한 것을 끼울 수 없다. 어둠은 그릴 수 없는 이미지다. 어둠을 볼 때는 눈동자가 초점을 잃게 된다.

어둠보다 중요한 것은 무엇일까. 지금까지 내가 쓴 것은 모두 어둠에 대한 것이 아닐까. 어둠을 말하지 못해 돌아다닌 것이라는 생각이 든다. 어둠을 말하지 못해 약속을 잡고 사람을 만나고 어둠 속에서 헤어진 날들, 어둠을 말하지 못해 거리의 한 블록이 끝나기 전에 숨을 멈추고 속엣것을 모두 토한 날들, 어둠을 말하지 못해 삶에서 멀어져 삶으로 돌아온 날들, 어둠의 날들이다. 어둠 속에 한 사람이 보인다. 그는 챙 없는 모자를 쓰듯 어둠을 뒤집어쓰고 있다. 어둠의 모자에 반쯤 묻혀 있다가 이제 완전히 어둠 속으로 들어서고 있다.

트럭에서 박스를 내리는 사람을 본다. 버스 정류장과 지하철역 사이 오후 두시면 어김없이 트럭이 서고, 운전석에서 사람이 나와 1톤 트럭에 가득 실린 박스들을 하나씩 내려 끌개에 싣는다. 일정한 크기의 박스인데 아무 표시도 되어 있지 않아서 무슨 물건이 안에 들어 있는지 알 수 없다. 그는 박스들을 네 단으로 줄을 맞추어 끌개에 정교하게 쌓아올린다.

그는 네모반듯한 것을 나른다. 반듯한 것을 반듯하게 실어서 반듯하게 나른다. 그는 반듯하게 일을 하고 반듯한 걸음을 걷는다. 나는 그가 끌개를 끌고 가는 뒷모습을 한동안 바라본다. 구부러진 인파를 뚫고 가는 반듯한 모습을, 인파가 그를 덮어 이윽고 보이지 않게 될 때까지.

5월과 함께 걷는다. 뒤돌아보면 나무들이 두꺼운 잎을 달고 따라온다. 잎들이 부딪치는 소리도 난다. 그 찰랑거리는 소리 때문인지 5월에는 천천히 걷고 뒷걸음질치지 않는다.

개 짖는 소리가 창밖 멀리서 들린다. 개가 있는 곳
이 실외 같기도 하고 실내 같기도 하다. 소리는 허공
에 있고, 벽에 부딪쳐 떨어져 바닥에도 있다. 그러나
무엇을 향해 짖지는 않는다. 무엇을 잊은 듯이 짖는
다. 간헐적으로 짖는다. 잊을 만하면 다시 들린다.

나와 개 짖는 소리 사이로 배달 오토바이 소리가
끼어든다. 1층 현관 근처이고 시동을 끄지 않았는지
계속 부릉거린다. 저 소리도 어디를 향한 것이 아니
다. 그러면서 허공을 마구 헝클어놓는다. 시간도 공간
을 따라 덩달아 헝클어진다.

오토바이가 떠나자 다시 개가 짖는다. 이제 알겠
다. 개 짖는 소리가 어디에 있는지 말이다. 오토바이
소리가 사라짐으로써 허공에 생긴 틈을 감지한 덕분
이다. 개는 허공의 빈틈에 제 소리를 꽂는 것이다. 허공이 부서져 있는 곳이 어딘지 이제 어렴풋이 짐작할 수 있을 것 같다. 허공의 파열을 메우는 소리, 메운 곳이 벌어질 때쯤 다시 짖어서 메우는 소리, 개 짖는 소리는 허공을 보완하고, 보존한다.

6월

1

지금 쓰고 있는 이 날짜 없는 일기의 첫 권『내가 없는 쓰기』가 출간되었다. 작년 한 해 동안 쓴 기록이다. 5년간 쓸 계획인데 왜 5년인지는 모른다. 출판사와 이야기가 오가다가 5년이 되어버렸다. 날짜도 없이 월만 기록되어 있는 이 글쓰기는 대책 없이 느슨하다. 느슨하고 방향이 없고 모양이 없다. 한 줄 한 줄 글이 움직이는 대로 따라가보는 것에 불과하다. 쓰고 나도 모양이 생기는 것 같지 않다.

시는 건축과의 싸움을 벌인다. 시에서 아무리 탈건축을 시도해도 그것은 한 건축에 대해 또다른 건축으로 맞서는 것이다. 건축에서 멀어지는 것이 아니다. 구성과 배치의 미학을 벗어버릴 수 없는 탓이다. 행과 연이 사라지면 사라지는 구조를 갖게 된다. 지워도 구조의 압력까지 몰아낼 수는 없다. 시의 힘은 구조에서

온다. 구조가 강하고 구조가 아름다운 것이다. 시는 건축이다.

문학 일기를 쓰면서 구조의 압력으로부터 벗어나는 방만함에 나를 들여놓는다. 형상화나 마무리를 하지 않고 재료들을 펼쳐놓는 것이다. 무언가를 만들기 전에 돌아서버리곤 하는 나의 고질적인 성향과 어울리는 부분도 있다. 이 글쓰기는 구멍이 아주 많아서 숨쉴 곳이 많다는 착각을 준다. 그러나 이 방만이 과연 방만인지 하는 질문으로 들어서면 답이 없다. 언어와 문장의 조직이라는 것이 어느 곳에서든지 느슨하게라도 가동되는 것을 막을 길이 없기 때문이다. 방만이라는 것은 사실 의심스러운 것이다. 방만을 떠올리는 순간, 아니 그 이전부터 수상한 것이다.

2

실내를 오가는데 거치대에 세워놓은 도마가 눈에 들어온다. 처음엔 그냥 지나치다가 다시 바라본다. 도마를 또 버릴까 생각한다. 도마에 칼자국이 나 있는 것이 싫어서다. 칼자국은 싫다. 자국이 전혀 나지 않는 도마가 있으면 좋겠다. 나무 도마도 실리콘 도마도 플라스틱 도마도 칼이 지나간 자국이 남는다. 스테인리스 도마도 마찬가지다. 어떤 칼이 와도 파이지 않는 것이 있으면 좋을 텐데. 아니면 자국이 남지 않는 척이라도 하는 도마가 있으면 좋겠다. 그러면 도마와 도마 아닌 것이 구별되지 않을 것이다.

3

우산을 들고 걷는다. 도중에 만난 비라 편의점에서 급하게 산 투명 비닐우산이다. 우산을 높이 든 사람도 있고 낮게 든 사람도 있다. 우산끼리 부딪치지 않게 주의한다. 비가 점점 거세게 온다. 빗방울들이 우산을 타고 연신 흘러내린다. 땅에 떨어져서는 단숨에 물줄기가 되어 흘러간다. 땅이 여기저기 파인다. 부러진 우산 하나가 파인 땅에 버려져 있다. 내가 들고 있는 것과 똑같은 비닐우산이다.

밤이 늦어 문을 닫았지만 안에 불은 켜져 있는 상점이 많다. 집 앞의 옷가게, 안경점, 구두점, 꽃집 들이 그렇다. 구두점은 신호등 바로 앞에 있어서, 신호가 바뀌기를 기다리며 진열되어 있는 구두들을 물끄러미 바라보는 버릇이 생겼다. 다른 상점에 비해 다소 희미한 불빛 속에서 구두들은 어둡게 반짝인다. 검은 어두움, 붉은 어두움, 모두 어두운 반짝임이다. 어떤 발이 저 구두들 속으로 들어갈까. 구두를 신고 걸어갈까. 골목길을 구두가 또각또각 걸어가면 좁은 길은 계속 어두워져, 구두가 반짝이는 것을 아무도 보지 못할 것이다.

5

온도가 계속 올라가고 있다. 여름이 서서히 펼쳐지고 있다. 땅에서 기어다니고 공중에서 날아다니는 온갖 벌레와 곤충들이 번창을 시작한다. 한 해의 가장 얇은 옷을 입은 사람들이 느린 동작으로 셔틀버스에 오른다. 그것을 바라보며 거리에 서서 오후 약속을 취소하는 문자를 보낸다. 내가 참여해도 안 해도, 상황이 이리저리 울퉁불퉁하게 굴러간다. 오늘은 상황을 열람하는 일도 내키지 않는다. 배회중인 사람을 찾는다는 안전 안내 문자가 온다. 배회하는 사람이 상황을 빠져나가는 중이다.

책상을 비우고 노트북 하나만 올려놓는다. 손만 올려놓는다. 자판을 잠시 두드리다가 멈추고 다시 두드린다. 무엇을 쓰는 것이 아니라 손가락의 반복운동이다. 달그락거리는 소리를 듣는다. 갑자기 글자가 기록되지 않는다. 이런저런 키를 눌러본다. 어떤 옵션을 선택했는지 다시 글자들이 화면에 나타난다.

손가락 운동을 계속한다. 원했던 문장인지 원하게 된 문장인지 구별되지 않는다. 대부분은 판단할 수 없는 문장들이다. 두세 줄을 그냥 날려버리고 나면 대개는 더 깔끔한 문장이 나타난다. 깔끔함을 우선하는 것은 아니지만 깨끗한 문장 뒤에 숨기가 더 쉽다. 숨길 무엇이 있어서가 아니다. 깨끗하면 무엇이 숨겨진다. 숨음이 만들어진다.

손가락의 건조한 두드림이 계속된다. 글자들로 꽉

찬 페이지를 만든다. 동일한 함초롱바탕체가 다음 페이지로도 이어진다. 동일한 커서가 깜박거린다. 커서는 미결을 가리킨다. 동일한 미결이 계속된다. 글은 미결을 몰아내며 미결을 승인하는 장소이다.

일기라 하면 앤디 워홀의 10년 치 넘는 일기가 먼
저 떠오른다. 그 두꺼운 일기는 단순히 두께만 남기고
모든 것은 버린 것 같은 인상을 준다. 그는 하루에도
많은 곳을 가고, 많은 사람을 만나고, 많은 대화를 하
고, 많은 일을 하고, 그 '많은'으로 두께를 만들고, 그
것을 모은 것이 10년 치의 일기 한 권이다.

그는 만들어놓지 않으면 없다고 생각하고, 만들면
돌아보지 않는 듯하다. 그가 만드는 것은 만드는 현장
에만 존재한다. 무엇을 만드는 것일까. 현재다. 과거
도 미래도 아닌 현재를 만든다. 만들지 않으면 현재란
없다. 그리고 자신이 만든 현재 속으로 그는 들어간
다. 현재는 공간이 된다. 자신이 담길 공간이다. 나는
그가 만든 현재의 공간을 열어 그를 관람한다. 얼마나
명랑한 캐릭터인가.

또 떠오르는 일기는 롤랑 바르트의 『애도 일기』이다. 어머니의 죽음을 애도하는 짤막한 글줄로 되어 있다. 정식으로 집필한 것이라기보다는 노트를 4등분한 쪽지에 남긴 것으로 그의 사후 30년이 지나서야 책으로 묶인 것이다.

바르트의 『애도 일기』는 작가의 글이 아니다. 개인의 글이다. 작가의 표현, 사유에는 글이 전개되면서 진행되는 어쩔 수 없는 심화라는 것이 있다. 글에서 글로 발전하고 변화하는 아름다움이다. 이 일기에는 이러한 발전이 없다. 이것은 단지 한 사람을 떠나보낼 때 해야 할 말을 찾지 못하는 자의 반복적인 중얼거림에 지나지 않는다. 그는 표현을 하지 않는다. 한두 줄 이상을 나아가지 못하는 이유이다. 그가 4등분한 쪽지에 메모해서 케이스에 낱장으로 담아두었다는 사실은 이것을 개인적인 것으로 생각했다는 추측을 하게 만든다. 그래서인지 그의 글을 읽는 것은 조심스럽다. 공적으로 노출된 것이 전부라고 하는 워홀의 홀가분한 제스처와, 상처가 내장된 바르트의 개인으로의 회귀가 일기라는 공통의 형식 속에 묶여 있다.

집에 있을 때는 낮시간을 향유한다. 물론 오전도 좋고 오후도 좋다. 낮은 아주 넓은 시간대이다. 빛이 선명하다가 점점 두터워지면서 무거워지는 것을 본다. 이렇게 태양의 기울기를 따라 대기의, 사물들의 컬러가 조금씩 바뀐다. 나뭇잎의 색깔이 오전과 오후가 다르다. 달라지는 것을 볼 수 있어 낮이 좋다. 드넓은 낮이다. 낮에는 만물이 달라지는 것을 계속 따라갈 수 있다. 내가 끌리는 것은 변화인가. 아니, 변화만을 알아볼 따름이다. 변화가 자각을 준다.

빛이 날카롭다가 무뎌지는 늦은 오후이다. 빛이 둔해지는 것을 느끼면서 의자에 조금 더 앉아 있을 수 있다. 둔해지는 것은 천천히 스러지는 것이다. 인간이 빛에 익숙해지는 것이 가능하다면 아마 이렇게 빛이 멀어지는 순간일 테다.

하루종일 비가 온다. 장마가 시작된 듯하다. 빗줄기가 굵어졌다 가늘어졌다를 반복한다. 처음에는 빗소리를 가만히 듣고 있다가 곧 일어나게 된다. 방에서 거실로 베란다로 나가본다. 실내를 계속 이리저리 왔다갔다한다.

마음을 잡지 못하고, 아니 마음이 사라진 것을 알게 된다. 비가 그것을 알게 해준다. 밖에서 비를 맞으며 출렁이는 나뭇잎처럼, 안에서 나도 덩달아 흔들린다. 빗줄기 하나하나가 나를 흔든다. 비가 올 때, 마음이 없어서, 내가 가장 얇아진다.

무력감이 방문에 걸려 있다. 회백색 흐린 문이다. 문이 점점 흐려진다. 아까보다 얼마나 더 흐려졌는지 판별하지 못한다. 조금 전의 상태를 기억하지 못한다. 다만 점점 희미해지고 있음을 알 뿐이다. 흐려지면서 문이 조금씩 삐뚤어지는 듯하다. 반듯하지 않다. 잘 닫히지 않는다. 누구의 잘못도 아니다. 아니 시간이 잘못한 것이다. 아무도 눈치채지 못하게 시간이 문을 뒤틀리게 하는 중이다. 시간은 서서히 문을 죽인다.

무력감이 문에 매달려 있다. 무력감은 나무로 만들어져 있고, 손잡이처럼 철로 만들어져 있고, 문을 바라보는 사람의 들숨 날숨으로 만들어져 있다. 무력감을 잡아 뜯지 못한다. 오늘의 문에서 떼어내지 못한다. 문에 작은 딸랑이 종을 걸어놓는 이유다.

산문이 쓰기 싫어 시를 쓰고, 시를 쓰기 싫어 산문을 쓴다. 아니다. 시를 쓸 수 있을 때 산문도 쓸 수 있고, 마찬가지로 산문을 쓸 수 있을 때 시도 쓸 수 있다. 다시 아니다. 시를 씀으로써 산문을 쓰지 않고, 산문을 씀으로써 시로 들어가지 않을 수 있다. 이러한 어리석음의 반복적 사례는 끝나지 않는다. 왜 쓰는가. 쓰는 것이 끔찍한데, 왜 계속 쓰는가. 어찌할 도리 없이 마지막 남은 반복을 실행한다. 시를 쓰는 것으로 시를 쓰지 않고, 산문을 쓰는 것으로 산문을 쓰지 않는다. 쓰는 것을 피하는 길은 쓰는 것뿐이다.

나뭇가지가 높이 자란다. 3층이라 그런지 서재 창
까지 올라온 나뭇가지와 잎들이 보인다. 나뭇잎들이
바람에 흔들린다. 방에 들어설 때마다 창을 따라 흐르
는 나뭇잎들의 가벼운 몸짓에 마음이 흔들린다. 가벼
움이야말로 강력한 것이라는 생각이 든다. 가벼운 것
은 무에 거의 근접하기 때문이다. 잎의 가느다란 살랑
임이 나를 무너뜨린다.

오늘따라 나뭇잎들이 창에 바짝 붙어 있다. 오후
늦게 창을 닫다가, 창과 창 사이로 나뭇잎 하나가 끼
게 되었다. 창에 끼어든 나뭇잎을 아주 조심스럽게 창
밖으로 돌려보낸다. 창가를 서성이더라도 그 작은 잎
이 다시는 창에 끼지 않기를 바란다.

7월

빛의 시어터에서 전시하는 달리전을 보러 갔다. 그
림을 단순히 벽에 전시하는 것이 아니라 움직이는 화
면으로 재현한 극장 방식의 이색적인 전시였다. 넓은
공간을 소용돌이치는 음악의 파워도 한몫했다. 2층에
서 내려다보았을 때 아래층에서 걸어다니는 사람들
이 작품의 일부인 것 같은 환시도 나쁘지 않았다.

오래전에 달리가 예술적 매력이 있다고 생각했을
때, 그 매력의 정체는 훼손과 남용이었다. 기괴한 예
술이라서가 아니라 예술을 기괴함과 결합시킬 수 있
는 돌파가 인상적이었다. 젊은 시절이었기에 나는 유
한하고, 그래서 또한 무한하다는 추인을 달리에게서
받았던 것이다. 나는 확장을 원했고 아마 달리는 일그
러진 방식으로 그것을 보여주었던 것 같다.

아주 오랜만에 달리 앞에 섰다. 무정형과 팽창의

직접성이 여전했다. 예술에 무엇을, 아직 예술이지 못한 무엇을 덧붙이고 덧대는 태연한 제스처에서 오는 쾌감도 익숙한 것이었다. 다만 달리가 시도한 자신의 극대화가, 그 극대화의 다른 쪽이 눈에 들어왔다. 이번에는 정확히 반대로 나는 무한하고, 그래서 유한하다는 음성을 들은 것이다. 달리는 이제 내 눈에 유한을 찾아다니고 유한과 결합하려는 것으로 보인다. 유한에서 피어난다. 성곽들, 지붕들, 수염과 시계, 눈동자, 코끼리의 걸을 수도 없이 길어진 다리, 뛰어내리는 사람, 파도, 그런 오브제들이 떠다닌다. 사람의 이마에 손이 붙어 있다. 인간은 일부 또는 전부가 떠돌아다니는 유한한 존재다. 착지가 없는 우연한 배치들이다. 그 배치를 할 뿐, 달리의 망상이 이제는 과대해 보이지 않는다.

최근에 나온 시집들을 책상 위에 올려두고 오가면서 열어본다. 시집이 우편으로 도착하면 봉투를 열고 책을 꺼내 차례를 훑어본 뒤, 앞에서 몇 편을 읽어본다. 중간을 펼쳐 몇 편을 읽고, 또 맨 뒤의 서너 편을 읽는다. 이제 인사가 끝나면 책상 위에 올려놓고 오가면서 랜덤으로 펼쳐 읽는다. 한국의 현대시를 읽는 여름이다.

3

열어놓은 창으로 바람이 분다. 책상 위의 종이들, 집게로 윗부분을 고정해놓은 프린트물이 들썩거린다. 바람에 종이가 날리는 것은 익숙한 모습인데도 늘 새롭다. 처음에는 맨 앞장만 펄럭거리다가 이윽고 서너 장이 같이 춤을 춘다. 집게 때문에 흩어지지 않고 주저앉으면서도 바람이 불면 너풀너풀 종이들이 다시 들고 일어선다.

누런 서류봉투 하나가 멀리 날아간다. 갑자기 방에 있는 모든 종이들, 글씨가 있거나 없는 종이들이 일제히 방을 빙빙 도는 것 같다. 나는 바람 같은 것일까, 종이에 가까울까, 아니면 종이를 잡으려 손을 내밀고 덩달아 빙빙 도는 아이 비슷할까. 바람처럼 작용을 하고, 종이처럼 무념하고, 아이처럼 유희하는 존재일 것이다.

4

어떤 일을 반복한다는 것은 무엇일까. 예를 들어 반복해서 산을 오르는 사람을 떠올려본다. 그는 이미 길을 알고 있다. 그런데 산을 오르다보면 여전히 알 수 없는 것이 튀어나온다. 다시 모름이 나타난다. 늘 가던 익숙한 길인데 산행이 매번 다르게 전개된다면, 앎 속에 모름이 있다고 보아야 한다. 혹은 앎을 반복해서 행하다보면 모름이 생겨나는 것이라고 해야 한다. 모름이 탄생하는 것이다.

작년에 이어 이 문학 일기 형식의 글을 다시 쓰는 이유가 있을까. 쓰기는 반복이다. 다시 들어서기이다. 하지만 반복은 이전의 쓰기를 부양하는 것이 아니다. 아무것도 축적할 수 없다. 쓰기는 반복이라는 행위에 의해서 매번 다른 곳으로 튕겨나간다. 반복은 동일성을 낳는 것이 아니다. 차이와 변화를 만들어낸다. 그리고 이 달라짐에 의해 무엇인가 무너진다. 이전 쓰기의 유일성이 궤멸하는 것이다. 다시 쓰기는 쓰기를 허무는 우둔한 방식이다. 그리고 이 무너뜨림은 모름이 생겨나는 과정에 다름아니다. 유일성을 허물면서 쓰기의 기득권을, 쓰기의 앎을 부정하는 것이다. 반복의 탄성에 의해 앎은 모름으로 대체된다.

5

월리스 스티븐스는 "감상은 감정의 실패"라 한 적
(월리스 스티븐스, 「Adagia」)이 있다. 작품에서 감정을
적절하게 표현하는 일의 중요성을 이야기한 것이다.
감정을 표현하는 것이 물론 쉽지 않다. 그럴듯한 방법
이 있는 것도 아니다. 다소 자조적인 이야기지만 감정
을 표현하는 데 언제나 실패하고 만다는 생각이 들기
도 한다. 그래서 감상이 튀어나올 것이다.

감상과 감정을 구분하는 일이 용이하지는 않지만,
감정의 실패로 감상이 노출되었을 때 어떻게 하면 좋
을지 생각해볼 수는 있을 것 같다. 실패 이후에 대해
서는 그가 따로 언급하지 않았으니 말이다. 이 경우
감상의 피상성을 새로운 관점으로 감정에 연결할 수
있을지가 관건이다. 감상으로 잘못 돌출된 것에 운동
과 방향을 부여할 수 있다면, 이것을 감정의 전류로

흘러들어가게 할 수 있다면 가능하지 않을까. 시는 짧지만 특유의 회전이 가능하다. 이렇게 감상을 움직이게 하여 감정의 지대를 다시 조정할 수 있을 것이다. 감상을 감정이 포괄할 수 있느냐와 없느냐가 오히려 포인트로 보인다.

가늘게 파고들어오는 불안을 들여다본다. 가벼워
지면 불안이 쉽게 침투한다. 판단을 버리면 불안이 들
어와 자리를 잡고 차지한다. 판단의 어리석음을 버리
고 나면 지혜로워지는 것이 아니라 불안해지는 것이
다. 판단이 의지하는 통상의 무게중심을 모두 놓아버
리고 나면 나뭇잎 한 장보다 가볍게 흔들린다. 그래서
판단의 무지함에 정신을 맡기는가보다.

정신을 비우고 무엇 하나 남겨놓지 않는다 해도,
단지 없는 상태가 되는 것이 아니다. 도래하지 않은
것들이, 있을 법하지 않은 것들이 도래하고 전면화된
다. 그 도래하지 않은 것들과 싸우게 된다. 싸워서 도
래시킨다. 불안이 현실이 된다. 계속 헝클어진다. 정
신을 놓는다는 것, 정신을 차린다는 것, 이상한 말이
지만 이런 말을 쓰는 게 실감이 난다. 생활은 정신과

친교를 나눈다. 정신의 메커니즘은 우아한 소지품이
다. 그 상습성에 의해서만 불안의 파고에 무너지지 않
는다. 오랜만에 떠올린 말이다. 정신.

폭염과 폭우가 번갈아 온다. 하루는 폭염주의보가 다음날에는 폭우경보가 내려진다. 날씨가 이렇게 절대적이고 맹렬하다. 낮에 잠깐 외출했다가 쫓기듯 돌아온 날이다. 태양에 달궈진 피부를 식히느라 쩔쩔맨다. 냉장고에서 차가운 알루미늄 캔을 꺼내 무조건 얼굴에 갖다 댄다. 맥주 캔이다. 마시기보다 뜨거워진 피부의 온도를 내리는 게 우선이다. 유럽은 40도가 넘는다.

잠시 숨을 돌리고 나니 저녁부터는 기다렸다는 듯이 비가 쏟아지기 시작한다. 밤새 멈추지를 않더니 새벽에 폭우경보 안내 문자가 뜬다. 오전 내내 비다. 창가 쪽을 서성거리며 창문이 잘 닫혀 있는지 확인한다. 뿌연 유리 너머로 굵고 거친 빗줄기를 망연히 바라본다. 건물을 떼어갈 듯이 맹렬하다. 각도를 바꾸어가며 나무들을 내리친다. 허공을 때리는 소리를 듣는다. 이렇게 강렬한 소리를 온몸으로 맞았던 적이 있었는데, 언제, 어디서였을까. 그 소리가 충분히 가득해서 아무 대답을 할 수 없었던. 희미한 기억을 소용없이 뒤적인다. 그때처럼 지금도 대답을 할 수 없는 것이다.

폭우 끝 폭염이 다시 이어질 것이다. 여름은 혼잣말 할 시간을 주지 않는다.

투명한 것을 꿰뚫어볼 수는 있지만, 관통은 할 수 없음을 유리창과 파리의 예로 이야기한 것은 니체였다. 파리가 유리창에 붙어서 갖게 될 의구심과 놀람은 유리창 너머를 볼 수 있다는 인식의 우월에 대한 것이 아니다. 보이지 않는 유리창이라는 벽의 충격이다. 투명한 벽은, 인식이 통과하는 것을 몸이 통과하지 못하게 한다. 인식과 육체의 분리가 선명해진다. 존재는 항시적으로 이러한 이중의 상태에 놓여 있다. 인식이 앞선 듯하지만 육체는 인식을 방해하고 교정하는 것이다. 그리고 그렇게 육체에 걸려서, 인식은 발견된다.

9

여러 날을 집밖에 나가지 않는다. 필요한 것은 배달시키고 실내에 머문다. 아무것도 하지 않아도 오전이 오후가 되고, 비가 오고 해가 나고, 그늘이 짧았다 길어진다. 식물들, 스노사파이어의 잎사귀들이 하나씩 천천히 퇴색해간다. 그 잎들을 구별하지 않는다. 실내에서는 도무지 방향이 생기지 않고, 하는 수 없이 다시 같은 의자에 앉는다.

날들을 세지 않는다. 점점 더 쉽게 지친다. 어제의 기진맥진에 새로운 기진맥진을 추가한다. 피로는 철저하다. 피로는 피로에 충직하다. 피로의 반대에도 피로가 있다. 피로를 입으로 말하지 않는다. 건드리지 않는다. 피로의 잎사귀가 몸을 휘감을 때도.

자연의 습도와 몸의 습도가 비슷해지고, 그럼에도 나는 자연과 분리된다. 분리된 채 내가 자연이라는 것을 느낀다. 나는 자연에 맞지 않지만 다시 자연의 것이다. 7월의 하루하루를 지나며, 나는 이날들을 특정 정파처럼 따로 불러낸 것이라 느낀다. 그러면 7월은 내게 불려나와 문을 잠근다. 나는 7월에 갇혀서, 그러나 7월 속에 아주 오래 머물지는 않을 거라는 생각을 한다.

11

파란 파라솔 아래로 가고 싶다. 파라솔은 바닷가에, 모래밭에 있어도 좋고, 주택가 작은 골목길 초입의 새로 생긴 편의점 앞에 놓여 있어도 좋다. 파란 파라솔 옆에 하얀 파라솔이 덩달아 있을 것이다. 파란 파라솔 아래로 가고 싶다. 파라솔 아래 파란 플라스틱 의자가 있어야 한다. 의자는 비어 있고 빛과 그늘이 뒤섞여 의자 밑에 웅크리고 있을 것이다. 언제 보았는지 모르는 파라솔, 아직 세상에 오지 못한 파라솔이 문득 하나로 뭉쳐져 손짓하는 여름이다. 파랗게 염색한 머리를 하고 파란 파라솔 아래로 가고 싶다.

장마철이라 비가 계속 내리고 그치고 한다. 내릴 때 창을 열고 닫고, 그칠 때 또 열고 닫는다. 비가 장엄하게 내리는 모습에 끌리고, 그 장엄을 아무렇지도 않게 수거할 때 끌린다. 수거는 완벽하지 않다. 한동안 대기가 눅눅하고 길이 젖어 있다. 집안의 습기도 오래간다. 그래서인지 불완전한 수거를 철회하고 다시 강렬하게 쏟아붓기도 한다. 이번에는 땅을 떼어갈 듯이 더 맹렬하다. 비의 위용에 대해, 뒤에서 이의를 제기해서는 안 된다는 듯이.

13

저녁 여섯시를 넘어서고 있다. 비가 그치고 난 후의 늦은 오후라 어둡고 습하다. 검은 구름이 낮게 깔려 있다. 무거운 공기가 둔중하게 머물러 있다. 매미와 풀벌레 소리 울음이 가득하다. 온갖 울음이 촘촘히 얽혀 소리의 달라지는 높낮이와 강도를 조율한다. 일제히 침묵하는 순간은 짧고 다시 울음소리가 시작된다. 검은 구름이 무겁게 움직이는 것을 향한 작은 존재들의 응대이다. 보이지는 않지만 내내 잠자코 있는, 소리를 내지 않는 풀벌레도 있을 것이다. 오늘은 소리를 낼 수 없는, 젖은 흙 속으로 기어가기만 하는 존재가 있을 것이다.

8월

1

3년 넘는 팬데믹 기간을 별일 없이 지나갔는데, 코
로나에 걸렸다. 그동안 안 걸린 것이 이상할 정도긴
하다. 평상시의 불면을 일소시키기라도 하듯 계속 잤
다. 표현하기 어려운 뜨거운 두통이 왔다. 몸이 거대
한 파도가 되는 느낌이었다. 통증이라는 것이 특이해
서 그 속으로 크고 작은 고통들이 휩쓸려들어갔다. 고
통에 순수라는 것이 있다면, 통증의 강도에 따라 순수
성도 비례하는 듯하다. 아무 준비도 없이 나는 그 순
수에 집어삼켜졌다. 그리고 고통이라는 비밀 아지트
에 칩거하게 되었다.

2

날씨가 숨이 막힐 정도로 덥다. 외출을 줄이고 최소한의 생활을 유지한다. 낮 동안은 햇빛이 세계를 점령하고 달구는 것을 속수무책으로 바라본다. 베란다를 장악한 열기가 실내까지 거침없이 침범한다. 작년에도 이렇게 더웠던가, 새삼스럽게 기억을 더듬는다. 해마다 더 더워지는 것 같다. 태양이 인간을 옭아맨다. 더이상 돌아갈 곳이 없는 사람들을 몰아붙인다. 오늘도 집안에서 숨어지낸다. 왜 태양이 단번에 뭉쳐졌을까 생각하면서.

빛의 폭격을 피하지 못해 허공에서 나뭇가지들이 부러질 것 같다. 빛의 폭격을 피해 허공에서 떨어지며 나뭇가지들이 가늘어지고, 한없이 부드러워진다.

4

풀벌레 소리가 하루종일 그치지 않는다. 잠시의 적
막도 허락하지 않는다. 맹렬한 소리가 줄어들지 않는
다. 잠깐 멈추는 듯싶더니 더 세차게 울어댄다. 마치
풀벌레 군단이 있어 순서를 놓치지 않고 앞다퉈 목청
을 돋우는 것 같다. 어떤 재앙을 보았길래 물러설 수
가 없는 것일까. 저들의 극단적 울음소리는 어떤 종말
의 묵시론을 연상케 한다. 우리가 알지 못하는 가까워
진 종말을 향해 사이렌을 불어대는 것이다. 세상을 녹
여버릴 듯 타오르는 태양 아래서의 생존이란 이토록
울음을 다 태워버리는 마지막 결전일 수밖에 없다는
듯이. 이전에 종말이란 것을 막연히 숙연한 항복으로
그렸던 적이 있다. 그것이 아닐 수 있음을 이 여름은
가르쳐준다.

산문은 날것의 쓰기에 가깝다. 날것이란 아직 익혀지지 않은 것이고, 여기서 익힘이란 문학적, 장르적 숙성을 암시할 것이다. 장르는 영역을 가지고 있다. 반면 산문은 영역도 체계도 지니지 않는다. 루카치가 산문을 자유의 소용돌이와 위험으로 간주한 것도 이를 가리킨 것으로 보인다. 형식의 보호 아래 들어 있지 않다는 의미에서 자유이고, 소용돌이이며, 위험한 현재인 것이다.

산문은 날것의 반형식, 반문학적 쓰기이다. 무엇을 형성하거나 축적하지 않는다. 소용돌이치며 흩어지는 글이다. 쓰기를 소용돌이치는 현장에, 실시간에 맞추려는 시도에 다름아니다. 이는 문학의 힘과 밀도를 내려놓고, 문학의 조준이 아니라 세계의 파열과 나란히 하는 일이다. 문학의 무기를 보유하지 않은 길이다. 따라서 산문을 쓰는 것은 시인이 아니라 평지를 걸어가는 한 사람의 개인이 되는 것이라 할 수 있다. 문학에 속하지 않는 개인이다. 개인으로 글을 쓰는 일은 형식 속으로 폭발하지 않고 나 자신을 개인으로 떼어놓는 것을 뜻한다. 개인이라는 탈형식이 가능해지는 순간이다.

집안에서만 머물면서 오전과 오후를 보낸다. 오전
에는 오전의 더위를 맞고 오후에는 오후의 더위를 맞
이한다. 오전의 더위로 오전의 글을 쓰고 오후의 더위
로 오후의 글을 고친다. 창밖으로 비질을 하는 경비원
이 보인다. 흰 주차선들 주변에 흩어져 있는 쓰레기들
을 쓸어 화단 쪽으로 밀어낸다. 이쪽으로 조금씩 다가
오는 그의 동작은 일정하고, 기다란 빗자루도 그를 따
라 일정하게 움직인다. 빗자루를 따라오는 먼지나 부
스러기들도 있을 텐데 여기서 그런 것들은 보이지 않
는다. 이윽고 경비원은 빗자루와 함께 사라지고 이제
움직이는 것은 아무것도 없다.

계속 창밖을 바라본다. 무엇을 찾고 있나. 주차선
들이 있고 드문드문 차들이 주차되어 있다. 그냥 바닥
이 있다. 길바닥. 길바닥을 바라본다. 언제나 바닥을

바라보게 되어 있다. 그 바닥에 빛이 비치거나 어둠이 내려도 결국 바닥을 바라보게 되는 것이다. 바닥에 빛과 어둠이 겹쳐 내리기 전에, 한 사람이 쓰러질 듯 걸어가는 모습이 보인다. 그는 경비원과 반대 방향으로 걸어간다. 그의 상체, 어깨, 다리, 팔을 이루는 선들이 마구 겹치면서 그가 걷는 건지, 걷지 않으려는 건지 뭐가 뭔지 모르게 된다. 그의 모습이 사라질 때까지 바라보려는데 웬일인지 그는 끝나지 않는다. 멀어지면서도 끝나지 않는다.

밤에 산책을 나갔다. 바람 한 점 없고 후덥지근한 공기에 숨이 막혀왔다. 그 더운 공기 속으로 발걸음을 옮겼다. 걷는 기쁨이 없었고 걷지 않을 수 없는 괴로움도 없었다. 계속 걷고 싶지도 멈추고 싶지도 않았다. 어떠한 마음도 나서지 않았고 마음이 텅 비어 있지도 않았다.

모르는 길, 계속 휘어지고 꺾이는 길을 따라갔다. 바닥 조명이 켜진 곳으로 접어들었을 때, 잠시 불빛에 눈을 맞추었다가 그것도 지나갔다. 주머니에는 휴대폰도 들어 있지 않았다. 집에서 아무것도 들고 나오지 않은 것이다. 무엇 때문에 길을 나선 것일까. 계속 걸었다. 나는 어둠에 갇혀 있었다. 몇몇 카페와 술집이 늦은 시간까지 문을 열어놓고 있었다. 안의 불빛이 밖으로 흘러나왔다. 어느 곳에도 들르지 않았다. 작은 돌부리에 발길이 휘청했다. 넘어지지는 않았다. 나는 어둠에 속해 있었다. 어둠의 존재였다.

새삼 주변을 둘러보았다. 아주 오래전에 길을 나선 것 같은데, 언제였을까. 무엇에 가까워지고 있으며 무엇으로부터 멀어지는 중일까. 이렇게 길에 서 있지만 여기라는 장소, 주변을 둘러싼 분명한 존재들과 사실들을 늘 놓치고 있으며, 사실이 아닌 것들을 마치 현재의 사실처럼 쓰다듬는 일을 피하지 못했다. 이러한 착시와 역전 속을 걸어온 것이다. 이 어둠이 사라지기 전에 무엇을 더, 어둠 속에 떨어뜨리게 될까.

쉬려고 해도 휴식이 되지 않는다. 기후 탓만은 아니다. 낡은 생각들이 몸을 흘러다니고 있기 때문이다. 낡은 피라고 하는 것이 맞겠다. 생존에 필요한 것이다. 생존하고 있는 한 휴식은 어렵다. 삶과 휴식은 양립되지 않는다. 가만히 있음을 휴식이라고 생각하는데, 이때도 존재의 작동은 멈추지 않는다. 결국 휴식이라고 생각해야 휴식이 되는 휴식밖에 없다. 그것도 아주 찰나에 불과하다.

죽염 한 알갱이를 목 안쪽 끝에 넣고 녹인다. 휴식이 아니라 죽염 한 알이 내가 원하는 컨디션을 위해 쓰인다. 입안에 남는 쌉쓰름함과 이물감이 피로와 섞이고 피로가 약간 희석되길 바란다. 희석하고 희석해서, 무엇을 희석했는지조차 모르는 것으로 만들어간다.

9

갑자기 비가 미친듯이 쏟아진다. 창을 때리고 바닥을 치면서 굵은 빗줄기가 허공을 채우고 땅을 뒤덮는다. 나무에 달린 잎들이 모두 떨어지지 않을까 하는 생각이 든다. 난간이 떠내려갈 것 같은 기세다. 제정신이 아닌 것 같은 비가 주먹을 휘두르듯 내리고 있다. 창가에 서 있다가 자리에 앉는다. 비에 맞건, 맞지 않건 서서히 망가지는 중이다. 무엇이? 무엇이든. 어디에 숨을 내뱉어야 하는지 모르겠다. 숨이 부서진다. 유리창이 흠뻑 젖어 있다.

날들이 지나가는 것이 행군처럼 여겨진다. 길을 건너는 사람들의 무리를 보듯 날들이 지나가는 것을 본다. 예전에는 날이란 것이 너무 느려 움직임이 보이지 않았던 것 같다. 계절이나 해 같은 큰 단위로 시간이 지나갔음을 깨닫곤 했다.

요즘에는 거의 매일, 시간이 지나고 있음을 피부로 느낀다. 하루의 태양이 얼마나 급히 떠올랐다가 성급하게 기우는지 실감한다. 8월 중순을 넘어서니 태양이 식어가는 것에 가속도가 붙는다. 태양은 이미 열렬하지 않고 뜨거웠던 날들은 줄지어 물러선다. 퇴장하면서 인간을 보지 않는다. 어느 방향으로 가버리는지도 모르겠다. 시간과 계절이 옆에 머문다고 생각했던 때가 새삼스럽다.

시간이 빨라지니 더 시간을 의식하게 된다. 인간은

시간과 같이 움직이는 것이 아니다. 시간보다 늦다. 시간의 흐름을 보고, 따르고, 그리고 어느 순간 뒤늦게 참회하듯 시간이 되기 시작한다. 인간에서 시간으로 서서히 탈바꿈된다. 그리하여 시간으로 가득 채워지면 우리는 인간을 멈춘다. 나도 시간이고 너도 시간이다.

글을 쓰면 어리석음을 바라보게 된다. 피할 수 없었던 불균형, 부적절과 마주서게 된다. 늘 그렇듯 감정이나 행동은 한쪽으로 쏠리고 만다. 감정이 움직이면서 한곳으로 기울고 마는 것은 누가 시키는 것인지 모른다. 내가 시키는 것은 아니다. 나는 나에게 아무것도 시킬 수 없다. 중간에 잘못되었다는 것을 알아도 그대로 나아가는 것 역시 나는 아니다. 나는 나를 밀고 갈 수가 없다. 누가 밀고 가는 것인지 모른다.

자신을 조종할 수가 없다. 아무것도 할 수 없다. 그저 나를 쫓아다닌다. 뒷수습을 해야 할 뿐이다. 그 수습 중의 하나가 글일지도 모른다. 글이 불균형과 부적절을 용인해주는 것은 아니다. 다만, 그것들을 불확실성의 넓이 속에 데려간다. 불확실성 속에 모든 감정의 치우침은 우열 없이 평등하고 기욺과 쏠림도 사소하고 평이해진다. 불확실은 관용이다. 글은 그 무엇보다 우월한 거리를 갖게 하고 불확실을 선사하는 것이다. 그리하여 모두가, 모든 것들이 일시적이고 지나가는 것이 된다.

쓰는 동안만 쓸 수 있다. 쓰는 동안 쓰는 일이 가능
해진다. 쓰는 동안 써야 한다.

13

커피를 마셨던 머그컵이 식탁에서 떨어져 깨진다.
바닥을 기어가는 파편들을 집어 쓰레기통에 넣는다.
눈에 띄는 것들은 치웠는데, 어딘가 보이지 않는 곳으
로 날아간 조각도 있을 것이다. 그것이 어느 날 튀어
나올지, 어느 꿈에 나타날지 모를 일이다. 그 조각에
는 나의 지문이 더이상 남아 있지 않을 것이다.

머리가 아프고 계속 몸살 기운이 있다. 창을 열었다가 닫고, 따뜻한 차를 마셨다가 찬 커피를 마시고, 책상에 앉았다가 베란다로 나가고, 실내에서 맴돈다. 몸이 나를 끌고 다닌다. 몸은 미개한 독재자다. 몸으로부터, 몸의 통증으로부터 도망가지 못한다. 나도 미개하다. 몸이 어떤 신호를 보내는데 그게 무엇인지, 어떤 싸움을 벌이고 있는지 알지 못한다. 누워서 오래전의 장편 드라마나 음악 유튜브에 시간을 빠뜨린다. 시간을 버린다. 감각이 혼미해지기를 기다린다. 혼미의 늪에는 돌아오고 싶지 않은 꽃, 돌아오고 싶지 않은 칼, 돌아오고 싶지 않은 리듬이 놓여 있다. 돌아오고 싶지 않다. 어떤 저항인가.

8월의 마지막 날이다. 조금씩 비가 내린다. 땅이 젖어 있고 대기도, 하늘도 젖어 있다. 기온이 내려가고 있다. 나무들은 더이상 팽창하지 않고 길은 타오르지 않는다. 차들이 꼼짝 않고 웅크리고 있다. 아파트 단지 내에서 침묵하고 있다. 이 세상의 차들이 아닌 것처럼. 홀로 떨어져 있는 검은 차 뒤로 고양이 한 마리가 가만히 앉아 있는 것이 보인다. 미동도 없이, 걸음을 놓아버린 듯이.

들판으로 나가보고 싶다. 단지가 아니고, 길이 아니고, 들판. 내 발걸음이 덜거덕거리는 소리를 듣고 싶다.

9월

1

지난 7월부터 일주일에 한 번씩 저녁 시간에 기형 도문학관에서 시 읽기 강좌를 진행하고 있다. 처음 갔을 때는 길이 멀게만 느껴졌는데 이제는 버스 안에서 바라보는 광명의 거리가 조금씩 낯익어진다. 해가 지기 시작하는 시간이라 주로 석양이 넓게 퍼지는 풍경을 바라본다. 오늘은 붉다기보다는 그냥 빨갛다. 빨강이 엎질러진다. 크기도 방향도 조절할 필요 없다는 듯이 석양은 물러서지를 않는다. 모두가 지켜보는 가운데 홀로 하늘을 물들이는 중이다. 빨강을 이고 버스는 달린다. 버스 안, 사람들은 앉은 자리에서 각자의 어두운 색으로 끙끙거린다.

2

더위가 꺼져간다. 이마에 땀이 나지 않기 시작한다. 중단했던 산책을 다시 나가고 있다. 여름과 가을의 경계를 구별할 수는 없다. 하지만 9월 들어서니 미세하게, 움츠려 있던 뇌가 나를 앞지르는 느낌이다.

3

여름 내내 제대로 일을 하지 못했다. 생각을 하지 못하고 생각을 안 하는 것을 하지도 못했다. 생각에 합류하지도 못하고 생각의 끄트머리에 걸쳐 불안하게 빈둥댄 것이다. 일을 하지 못하면 세계가 불투명해진다. 아무리 토마토를 자르고 양파를 채 썰고 시금치를 파랗게 데쳐도 보이는 것들이 선명하지 못하다. 뇌에 비닐이 씌워져 있는 것만 같다.

차가운 물을 한 모금씩 천천히 마시고 물이 몸속에 스미는 것을 감각한다. 내장을 적시며 물이 사라지는 것을 느낀다. 어느 순간 감각이 끊어진다. 다시 한 모금이다. 다시 느낀다. 내장들이 복잡하게 엉켜 있는 몸으로, 나는 꼼짝도 하지 않고 앉아 있다. 물 한 방울이 흡수되지 않고 이리저리 계속 돌아다니며 춤추는 순간을 기다린다. 그 또렷한 물방울로 단어 하나가 나타날 것이다.

스투키를 키운 지 2년이 되었다. 그동안 이런저런 식물을 집에 들여놓았는데 실내에서 식물들은 오래 가지 못했다. 베란다에 내놓은 나무들이 몇 년씩 가는 것과는 비교도 되지 않았다. 스투키는 생각보다 오래 머물러준 편이다. 우선 생긴 모습과는 다르게 까다롭지 않았다. 책상 위 달력에 물 주는 날을 표시하고 그것을 지킨 것이 그동안 한 일의 거의 전부다. 오가며 눈을 맞추고 가끔 겉흙이 말랐는지 줄기에 문제가 없는지 살펴보기만 했다. 그런데 어쩔 수 없는 일인가보다. 점차로 줄기에 하나둘 문제가 생겼다. 병이 든 것 같은 줄기를 하나씩 걷어내다가 결국 오늘 남은 줄기를 마저 치웠다.

마지막 줄기를 손으로 들어올리는데, 상해서 그런지 너무 쉽게 흙에서 쑥 빠져나왔다. 전체적으로 누런

부분이 생기고 있지만 그래도 아직은 초록빛을 더 많이 띠고 있는 줄기를 손으로 쓸어주었다. 2년을 버텨준 것이다. 실려나갈 때까지 간직하는 것이 초록이어서, 하지만 이미 파괴된 초록이어서, 초록이 여기 있는지 없는지 알기 어려웠다. 간직하고 지키려는 순간, 이미 사라진 것은 아닐까.

5

거리를 걸으며 일정한 간격으로 세워져 있는 나무를 따라간다. 이 간격으로 걸음이 일정해진다. 차들도 비슷한 간격을 유지하며 달린다. 차량의 행렬을 보며 걷는다. 이렇게 묵묵히 이동하는 것이다. 간격을 지키며 바람이 분다.

어제와 오늘, 내일은 차례로 도열해 있는 것 같지만 사실은 병렬도 아니고 겹치지도 않는다. 어제 쪽에서 오늘을, 오늘 쪽에서 내일을 볼 수 없으며 그 역도 마찬가지다. 각각 섬이다. 관련을 갖는 것도 아니다. 어제 있었던 일, 지금 벌어진 일, 내일 생길 일이 모두 서로를 알아보지 못한다. 제각각 떨어져나가 돌아다닌다.

그래서 애써 일정한 간격을 만들어본다. 장식장 안에 있는 유리잔들이 균일한 거리를 가지고 나열되도록 한다. 의자와 의자 사이를 일정하게 하고 의자들이 너무 붙지 않게 한다. 날마다 그중 하나에 앉는다. 생활의 배열, 배치, 배정이 있다. 어떻게 늘어놓을 것인가, 어떻게 치울 것인가, 하는 고민의 핵심은 대상의 모순을 충돌시키지 않는 것이다. 크고 작은 모순 사이에 간극을 만들어내는 일, 간격을 두는 일이 문제를 키우지 않는 길이다. 건너야 할 다리가 출렁이고 있으니 말이다. 글씨를 쓸 때 펜을 잘 쥐고 글자에 적절한 간격을 두는 것과 비슷하다. 노력하지 않으면 간격이 헝클어지고 사라져버린다.

6

연일 비가 내리고 그치고 흐리다. 검은 먹구름이 잔뜩 끼어 있는 주말 오후다. 열어놓은 창으로 커튼이 날린다. 약간 불투명한 흰색인데, 흐린 날에는 오히려 투명해지는 느낌이어서 커튼 뒤로 우중충한 건물들의 잿빛이 두드러진다. 커튼이 펄렁이는 것을 멍하니 바라보자니 시간 가는 줄을 모르겠다. 몇 개의 메일에 밀린 답을 하다보니 오전이 벌써 지나간다.

실내나 실외나 어둡고 습한 기운이 잔뜩 깔려 있다. 흰죽이라도 끓일까, 생각하다가 다시 주저앉는다. 흰죽으로 평안을 얻고 싶지만 움직이고 싶지가 않다. 모든 것이 멎어 있다. 조금만 더 눅눅한, 이 가라앉은 기운에 갇혀 있어도 좋을 것이다. 내 목소리를 잊은 것 같은 기분이다. 내 육체도 잊는다. 그리고 하릴없이 창가의 커튼을 향한다. 잠시 내려서서 수그러들었던 커튼이 다시 허공에 떠서 부풀어오르기를 기다린다. 한껏 부풀어오르는 짧은 순간을 놓치고 싶지 않다. 실내에서 유일하게 움직이는 존재가 된 것도 모르는, 바라보는 사람에게는 그 동작이 그 사람을 향한 것으로 보인다는 것도 모르는 커튼이어서 더 그렇다.

아침에 맞춘다. 아침의 시간에 맞춰 움직인다. 외출 준비를 하고 외출을 하고 외출중이다. 밖에 있을 때는 외출에 맞춘다. 외출중 만난 계단, 전철, 사람들에 맞춘다. 가파르거나 가파르지 않은 길, 신호등, 간판들, 뒤에서부터 울려대는 모터 소리에 맞춘다. 모든 추가되는 것들, 나무들, 건물들, 블록들, 공사중인 도로에 맞춘다. 바닥으로 두 발이 번갈아 떨어진다. 떨어지는 두 발로 맞춘다. 가고 오고, 다시 가고 오는 것에 맞춘다.

맞추다보면, 계속 그렇게 하면 무엇에도 맞춰지지 않는다. 그러면 또 맞춰지지 않는 것에 맞춘다. 이렇게 저렇게 그냥 살아간다. 원하는 것을 덮어두고, 바라는 것이 무엇인지 모르게 되고, 그저 따라나선다. 바라지 않고 맞춘다. 저녁에 맞춘다.

8

여름은 머뭇거리지 않는다. 가야 할 때 망설임이 없다. 9월 들어서니 물러가는 여름의 속도가 얼마나 가파른지 날마다 온도가 내려가는 것을 느낀다. 혹독한 퇴진이다. 혹독한 점령에 이어진.

여름에 여기저기 아팠고 한동안 아무것도 하지 못했다. 여름이 나를 멈춘 것이었다. 나를 멈춰 세웠던 여름이 가고 있고 나는 그 뒷모습을 보고 있다. 어디로 가는 것일까. 어느 도시, 어느 공중, 어느 보이지 않는 곳으로 갔다가 다시 정확하게 돌아오는 것일까. 교체의 선의를 믿는다. 혹독한 회귀일지라도.

묻지 않으니 가벼워진다. 오늘에게, 오늘이란 무엇인지를 묻지 않는다. 그냥 오늘과 같이 있는다. 오후 4시 40분을 막 지나는 시간이다. 계속 흐린 날씨더니 살짝 해가 나타난다. 어디에도 부딪치지 않고 떠 있는 해다. 도회의 건물들 사이를 좀더 떠다닐지, 텅 빈 곳으로, 들판 같은 곳으로 가버릴지 모르겠다. 어느 곳이 되었든 해는 계속 밖에 있다.

밖에서 누구를 만나도 밖에 대해 묻지 않는다. 우리는 곧 어느 안으로 들어간다. 안에서 안에 대해 이야기하지 않는다. 밖으로 나와 헤어지고 다시 각자 다른 안으로 들어간다. 물을 것이 없다. 안에서도, 밖에서도.

금요일 밤, 소파에 옆으로 누워 있는 밤, 열어놓은 창으로 어두운 바람이 들어오고 바람이 흘러내린다. 바람에 가구들이 맴돈다. 눈에 익은 가구들이 집안을 돌아다닌다. 화장실에서 수건이 흘러나온다. 젖어 있다. 금요일 밤, 밤이 보인다. 밤이 빙글빙글 원을 그린다. 크고 작은 원들이다. 소파로 다가오는 원도 있다. 나는 말을 붙이지 않는다. 말을 붙이면 사라지기 때문이다. 말을 붙이지 않아도 사라질 것이다. 벽도 천장도 둥글게 밤의 원 속으로 사라진다.

이미지가 시의 시동이다. 한 줄, 늦어도 두어 줄을 쓰면 이미지가 나타난다. 이미지가 나타나야 진행이 되고 진전도 이루어진다. 그리고 문장들이 계속 이어지면서 가능성으로 남아 있는 이미지와 좀더 선명하게 드러나는 이미지로 나뉘어진다. 시는 이미지가 선명해지는 방향으로 움직인다. 선명해야 움직일 수 있다.

이미지의 선명성이 중요한 이유는 시가 여기서 동력을 얻기 때문이다. 선명한 이미지로 인해 시는 제대로 작동할 수 있게 된다. 시는 이제 직진할 수도 휘어질 수도 있다. 점프할 수도 있다. 하지만 이미지가 흐리면 더 나아가지 못하고 맴돈다. 방향을 잃는다. 그러므로 시는 이미지가 선명할 때까지 나아가야 하고 그래야 비로소 시가 될 수 있다.

로버트 그레이브스는 「in broken images」에서 선명한 이미지와 부서진 이미지를 대립시킨다. 선명한 이미지의 맞은편에 이미지들을 불신하고 의심하는 부서진 이미지를 가정하고 있다. 하지만 부서진 이미지 역시 선명한 이미지의 균열에 의한 것이다. 이미지가 감각이 아니라 판단의 문제가 될 때 이미지는 부서진다. 판단 이전에 우선 선명한 이미지의 압도적 세계가 존재하는 것이다.

조용한 9월이다. 9월에 발을 디디고 서서 손가락을
넓게 벌리는 연습을 한다. 손가락 사이로 구름이 높이
떠 있다.

13

밤 아홉시가 되어간다. 하루 일이 끝나고 책상 앞에 앉는다. 심호흡을 하고 무엇에도 눌려 있지 않은 마음 상태를 확인한다. 갑자기 쿵 소리가 난다. 밖에서 무엇인가 바닥으로 떨어지는 소리다. 3층이라 잘 들린다. 분명 가벼운 것이 아니다. 누가 무엇을 떨어뜨렸는지 모르겠다. 무슨 이유에서인지 가만히 내려놓지 못한 것이다. 아니 소리의 크기로 생각건대, 들고 있던 것을 내팽개치다시피 던져버린 것이 분명하다. 바닥에 격하게 부딪친 그것이 추락 순간의 자세 그대로 어둠 속에 남아 있을 것이다. 무엇일까. 무엇이든, 그것은 제대로 된 자세가 아닐 것이어서 슬프다.

책을 빌리러 도서관에 왔다가 창가 쪽 빈자리에 앉
는다. 블라인드를 내리고 잠시 앉아 있다가 노트북을
연다. 노트북 속으로 손을 헛디디거나 발을 헛디딘다.
노트북은 얇고 가벼운 늪이다.

일어나 서가를 돌아다닌다. 모르는 책들 사이를 걷
곤 하던 버릇이 나온다. 웹 개발, 프로그래밍, 파이선,
코딩에 관한 책들이 즐비하다. 모르는 언어다. 모르는
언어는 열렬하거나 차갑다. 세상의 많은 언어가 그렇
다. 시는 뜨겁지도 차갑지도 않다. 시는 온도가 사라
진 글이다. 무겁지도 가볍지도 않고 길지도 짧지도 않
다. 땅에 떨어지지도 하늘로 날아가지도 않는다. 시는
온도와 무게와 높이가 떠난 글이다.

10월

1

길 건너 도로변 상가 건물 1층에 새로운 점포가 들어섰다. 채소와 과일을 넘치도록 늘어놓고 싸게 팔았다. 아침 여덟시에 오픈해서 오후 세시가 되면 파장에 이를 만큼 호응이 좋았다. 일주일에 두세 번 들러 장을 보았다. 새로 들어온 채소를 바라보면 생기가 났다.

오늘도 이것저것 고르고 나니 바구니는 금방 뚱뚱해졌다. 채소들은 대부분 초록색이다. 초록으로 뭘 할까. 초록의 채소들을 썻을 때는 생각을 그만둘 수 있다. 초록만 보게 된다. 초록이 용케 물에 흘러가지 않고 더 밝게 반짝거린다. 채소들을 무치고 데치고 삶는다. 그냥 썻어서 식탁 위에 올려놓을 수 있으면 더 좋다. 초록이 이토록 짙푸를 수가 없다.

접시에 담은 채소들을 식탁에 올리고 쓸데없이 실내를 돌아다닌다. 어떤 초록은 아무에게도 보여주고 싶지 않다. 어떤 초록은 식탁 위에서 광채를 띠는 듯 보이고, 또 어떤 초록은 익혀진 후에는 조금 어두운 초록으로 무거워져 있다. 저녁이 오면 나는 채소들과 함께 부드러운 어둠 속에 놓일 것이다. 어둠 속에서 각각의 초록빛을 구별하지 못하게 될 것이다.

자주 고개를 들고 10월이라는 생각을 한다. 먼 곳을 바라본다. 눈길이 닿는 곳 너머 잘 보이지 않는 곳까지. 보이지는 않지만 그래도 저 먼 곳으로 눈을 보낸다.

3

자전거를 타고 가는 사람이 있었다. 자전거는 천진
해 보였다. 손잡이는 명랑하게 둥글고, 두 바퀴는 서
두르지 않고 굴러갔다. 거리의 행인들 속에서 자전거
는 친근하게 움직이는 중이었다.

자전거를 타고 있는 사내는 자전거와 한몸 같았다.
자전거에 아주 가깝게 몸을 구부리고 발로 페달을 밟
고 있었다. 규칙적인 다리의 움직임이 눈에 띄었지만,
내가 줄곧 바라보았던 것은 그의 등이었다. 등은 표현
하기 어려운 복잡한 곡선의 형체였다. 완만하게 흘러
내리면서 솟아오른 그 등은 어떤 고요한 망명을 가리
키고 있었다. 그것은 눈에 띄지 않게 바스러진 것이거
나, 곧 바스러질 것이었다. 하지만 아랑곳하지 않고
아직 자전거 위에 얹혀 있었다.

집에서 반팔 차림으로 지내기에 쓸쓸한 날들이다. 수시로 겉옷을 걸치게 된다. 잠깐씩 벗어서 의자에 걸쳐놓았다가도 다시 집어들게 된다. 가볍고 얇은 주황색 카디건은 몇 년째 실내에서 애용하던 옷이다. 10월이 되니 니트로 된 따뜻한 카디건 생각이 나서 장롱을 뒤졌는데 웬일인지 보이지 않는다. 올봄에 계절이 바뀔 때 정리하면서 처분을 했나 생각해보지만 그런 것 같지는 않다. 물건을 찾을 때 안 보이면 일단은 물러선다. 보이지 않는 것을 찾으려 애쓰는 것이 얼마나 힘든지, 마음을 곤궁하게 하는지 잘 안다. 다른 것으로 대신하다보면 나중에 찾게 되고, 그러면 반갑다. 찾지 못해도 대체한 것으로 지내면 원래의 것을 잊어버리게 된다.

서랍까지 열어보고는 회색빛 포근한 카디건에서

마음을 돌리고 다시 장롱 안을 살핀다. 팔 없는 조끼가 눈에 띈다. 앞에 지퍼가 달린 검은색 조끼는 회색 카디건보다 길어 넉넉한 느낌을 주고 양쪽에는 넓은 주머니가 달려 있다. 망설임 없이 주황색 카디건 위에 걸친다. 거울을 보니 주황색과 검은색의 조화가 나쁘지 않다. 이 순간 발생한 조화가 며칠은 지속될 것이다. 무엇을 선택하거나 찾기보다 눈에 띄고 옆에 있는 것들과 함께하는 생활이다.

5

문학집배원을 1년 동안 하고 있다. 한 달에 두 번, 같이 읽고 싶은 시를 소개하고 짧은 글을 덧붙인다. 가능하면 올해, 아니면 최근에 출간된 젊은 시인들의 시집들을 살펴보고 선택한다. 젊은 시를 선택하는 이유가 복잡한 것은 아니다. 눈에 들어오기 때문이다. 젊은 시는 대개 무엇인가 맞닥뜨린다. 그리고 그 맞닥뜨린 것을 크게 만드는 힘을 가지고 있다. 직면의 힘이다. 시 세계가 정면일 수밖에 없다. 만약 맞닥뜨리지 못했을 때는 눈앞에 무엇을 세우기도 한다. 잘 세워지지 않더라도 시도를 한다. 그러한 동력들이 흥미를 끈다. 또한 젊은 시는 스스로 얼마나 많은, 비결정적인 방향을 내포하고 있는지 잘 모른다. 모르는 채 쓰인 시다. 시인이 자신의 방향을 모르는 채 움직이는 풍요로운 낭비의 시라 할 수 있다.

비록 몇 줄 안 되는 감상에 불과하지만 시에 이러한 소회를 첨부하고 나면 그 시가 더 가깝게 다가온다. 글과 글이 만나기 때문인 것 같다. 글의 만남이면서 감각의 만남이다. 쓰고 난 후에야 비로소 감각을 이해하게 된다. 감각을 공유한다.

일요일 아침이다. 어제 온종일 괴롭히던 편두통이 많이 사라졌다. 얼얼할 정도의 통증이었다. 통증이라 기보다는 통한에 가까웠다. 벽에 종일 기대어 앉아 이 것이 지나가기를 기다렸다. 조금씩이라도 덜해지기 를 바랐다. 덜해지는가 싶으면 다시 돌아왔다. 그러나 돌아왔다가 결국 물러갔다.

이제는 좀 견딜 만하다. 물을 마시고 사과를 반쪽 먹고 책상에 앉는다. 오늘은 책상에 앉을 수 있겠다. 책상 가까이 빛이 들어온다. 벌써 따뜻하다는 생각으 로 맞이하는 빛이다. 빛이 아주 얇고 넓게 펼쳐지는 것만 같다. 고개를 들면 빛의 방울, 빛의 작은 부스러 기들이 휴일의 멀리 보이는 비어 있는 건물들 위로 반 짝이며 떨어진다. 사물과 접촉하는 순간, 빛이 반짝이 기 시작한다. 통증이 없는 빛이다. 통증이 없는 것이

빛이다. 오후가 되면 저 빛이 더이상 반짝거리지 않게
될 것이다. 사물들 속으로 흡수되어 광채가 사라져갈
터이다. 빛은 자신을 모으지 않는다.

책상 위의 전등을 켠다. 책상을 닦고, 여느 때처럼
책상을 닦고, 아니 지금은 여느 때가 아니다. 생각과의
충돌을 피해 책상을 닦고 있지 않은가. 실험을 하듯 책
상을 닦고 있지 않은가. 여느 때가 아니지만 여느 때인
것처럼 책상을 닦는다. 손걸레를 찾는다. 티슈로는 책
상이 잘 닦이지 않는다. 티슈가 찢어지고 책상 위를 미
끄러지기만 한다. 미끄러지지 않는 걸레를 찾는다.

책상에 생각이 여기저기 붙어 있다. 책상에 앉으면
그 생각들과 씨름을 한다. 그러니 우선 책상에서 생각
을 닦아내야 한다. 생각이 웅크리고 있는 부분을 걸레
로 닦아낸다. 한참을 닦다보면 생각이 좀 지워지는 것
같다. 완전히 지워지지는 않는다. 걸레 자국 위로 개
미라도 한 마리 지나가면 도움이 된다. 개미를 살피느
라 잠시 생각을 잊어버릴 수 있다.

8

시작할 수가 없다. 시작이 되지 않는다. 무엇을 시작하려 했는가. 사실은 시작을 하고 싶지 않은 것이다. 시작하고 싶지 않아서 방을 한 바퀴 돌고 반대 방향으로 돈 것이다. 마치 어떤 판 위에 있는 것처럼, 어떤 판 위에서 빙글빙글 판을 돌리며, 나는 판이다. 판에서 내리지 않고 무엇을 시작할 수 있을까. 똑같은 판을 돌리고, 똑같은 음이 재생되고 있다. 가능하고 싶지 않다. 시작하고 싶지 않다. 나는 시작을 하지 않는 사람이다. 무엇 때문에 시작을 하려 했는가.

옆 라인 위층에서 늦은 밤까지 이사가 이어진다. 사다리 위로 물건이 오르내리는 소리가 시끄럽게 들려온다. 얼마나 계속될까 궁금해 베란다로 나가본다. 사다리가 어둠 속에 높이 걸쳐져 있다. 철 사다리가 위태롭게, 그러나 위풍당당하게, 또 불안하게 놓여 있다. 나는 어느 베란다 구석에서 그것을 보고 있다. 그것이 잠시 휘청인다고 생각한다. 물건이 실려 있을 때가 아니라 잠시 비어 있을 때, 아무도 모르게 흔들린다. 사다리를 계속 보고 있으면 미쳐버릴지도 모른다. 사다리이기에, 늦은 밤이기에, 늦은 밤에 놓인 사다리이기에, 어둠 속에서 희끗희끗하기에. 아니 사다리는 어디에나 있고 어떤 건물에도 걸쳐지기에, 태연히 정신이 돌아오는 건지도 모른다. 사다리를 정면으로 바라보며 이웃으로 이사 오는 사람을 그려본다.

이웃은 마주치면 어쩌면 고개를 끄덕일 것이다. 어느 날 벨을 누르고 갑자기 붉은 사다리가 있냐고 물어볼 수도 있다. 이웃을 한 번도 마주치지 않을 수도 있다. 나는 눈이 나빠서 그가 가까워져도 멀어져도 모를 것이다. 그는 왜 밤중에 이사를 오는 걸까. 잠시 후 철 사다리를 향해 걸어가는 인부가 보인다. 인부는 내가 하지 못한 무슨 말을 철 사다리에 할 것 같다. 이제 그만 가자고 할지도, 사다리를 잡고 아무 말도 하지 않을지도 모른다.

조용해진다. 조용하다. 아무 소리도 들리지 않는
다. 허공을 가로지르는 것이 없다. 허공에 아무것도
걸쳐져 있지 않다. 밤에 아무것도 세워져 있지 않다.
그래서 나는 이제 밤 너머로 직접 이야기를 해야 한
다. 밤 너머에 무엇이 있는지 모른다.

아마 그럴 것이다. 이유는 없다. 단지 쓰기 위해서 글을 쓴다. 쓰는 행위에 들어서기 위해서 글을 고른다. 또한 기록하고 남기는 것보다, 쓰는 동안 세계를 볼 수 있어서 글쓰기를 계속한다. 보이는 세계에서 볼 수 없었던 것들을 생각하며 글을 쓴다.

베른하르트의 『혼란』을 읽는다. 이것을 읽기 시작
한 지 몇 번째인지 모른다. 처음에는 한 페이지, 그다
음에는 서너 페이지, 또 그다음에는 10여 페이지, 이
런 식이다. 이 책의 독서법이다. 집에서든, 전철에서
든 『혼란』을 집어들 때마다 반드시 처음부터 읽는다.
그래서 처음 몇 페이지는 아주 익숙하다. 그럼에도 얼
마간 시간이 지나 다시 읽게 되었을 때 세계를 향한
작가의 어두운 시선 속으로, 익숙한 그 상태로 반복적
으로 들어서는 것을 마다하지 않는다. 그 낮은 시선이
마음을 가라앉힌다.

베른하르트는 병으로 가득한 세계를 묘사한다. 사
람들은 자신들이 무엇을 하는지도 모르는 종류의 폭
력을 주고받고, 또한 우연이나 운명에 의해 원하지 않
는 삶과 죽음에 맞닥뜨림으로써 보이지 않는 폭력에

희생된다. 그들은 예민하기에, 우둔하기에, 병이 든다. 어느 길에 들어서서도 파괴된다. 파국은 우울하고 피할 길이 없다. 무엇보다 이 우울에는, 흔히 함께 들어 있게 마련인 자조적 흥분이나 감상이 없다. 글이 건조하고 온도가 낮다. 이것이 소설을 끌고 가는 힘이다. 그 정직한 무기력 때문에 반복적으로 다시 책을 집어든다. 나의 무기력과 컬러를 맞추어본다. 비록 아직도 끝내지 못하고 다시 처음부터 읽는 기이한 독서를 반복하고 있지만, 소설을 잘 읽어내지 못하는 나에게 『혼란』은 예외적 소설이다.

주방 쪽에는 작은 창이 달려 있다. 집안의 창들 중에 가장 작다. 그동안 살았던 모든 집이 그랬다. 주방에서 일할 때 손을 멈추고 멍하니 창밖을 바라보곤 한다. 왜 서 있는지 모르기도 한다. 창이 작아서 이렇게 종잡을 수 없는 상태에 빠지는 것이라는 터무니없는 생각을 한다. 작은 창은 어지러운 정서와 쉽게 일체화되기 때문이다. 하지만 변함없이 밋밋하다.

창밖으로 나무들이 보인다. 나무들의 이름을 모른다. 이름을 모르는 나무들의 커다란 잎사귀를 바라본다. 나무와 나뭇잎을 바라볼 때 내가 거의 순수한 무지 상태에 들어설 수 있는 것 같다. 다른 어떤 것들보다 나무는 가까이에서, 사계절 내내, 이렇게 다양한 모습으로 있어주지만 그 존재의 신비를 알 길이 없는 것이다. 눈을 들어 볼 때마다 다르고 새롭다. 무지가 손짓한다. 나무는 내게 필요한 무지를 알고 있고, 무지 속에 머물게 해준다.

나무 주위로 지나가는 사람이 없다. 지나가는 사람이 있으면 좋을 것 같은데 나타나지 않는다. 지나가는 것들, 시간, 빛, 하루와 함께, 다름아닌 내가 지나가는 중일 것이다. 눈앞의 나무들 앞을 서성이며 나는 지나가는 사람이다. 작은 창은 밋밋하고 그 지나감을 기록하지 않는다.

11월

1

비 오는 낮에 학교에 갔다가 교정에 떨어져 뒹구는 모과를 보았다. 비와 낙엽에 섞여 있던 모과를 주워 씻었다. 귀가하자마자 책상 위, 스탠드 옆에 놓았다. 향이 가득했다. 고개를 들거나 돌릴 때마다 향이 다가왔다. 모습은 울퉁불퉁하고 거칠기만 한데 은은한 냄새가 뇌를 어루만져주었다. 위로였다. 11월의 위로. 그렇게 도도한 일정 속에 자연이 인간에게 내미는 위로도 들어 있는 것일까. 이 향기로 11월을 건너갈 수 있을 것 같다.

2

방에 들여놓은 모과 때문에 며칠째 정신이 혼미하다. 이 작은 한 알의 모과가 희미하지만 지속적인 향으로 나를 어지럽힌다. 그윽한 향에도 어지러움이 있다. 위로라고 생각했는데, 위로란 혼미임을 알겠다.

3

남산공원을 다녀왔다. 남대문 쪽에서 행로를 잡아 남산도서관을 지나 남산타워로 이르는 길이다. 그렇게 단풍이 들지 않아서 잎들이 색의 변화보다는 바람 속에서 전해지는 건조한 바스락거림으로 다가왔다. 늦은 오후라 빛도 창백했다. 잎들 사이로 어른거리는 빛이 열기가 하나도 없었다.

타워까지는 심하지 않은 오르막길이었다. 오르막길이 괜찮았다. 오르면서 보는 나무들의 위치와 휘어진 자태는 새삼 절대적인 것이어서, 옆으로 밀어낼 수가 없었다. 쓰러질 듯 아슬아슬한 각도를 유지하고 있는 나무들이나 거기서 뻗어나가는 수많은 나뭇가지, 매달린 잎들 하나하나는 숨길 수 없는 현존을 제시하는 듯 보였다. 움직이지도 않고 길을 가로막는 현존 말이다. 인간은 육체를 숨길 수 있지만 그들은 아니다. 물성으로 가득찬 육체를 가릴 수 없다. 가장 가볍게 부서져내리는 잎 하나도 땅에 떨어져 충분히 뒹군다. 하늘과 대기와 바닥에서 펼쳐지고 있는 극한에 마음이 울렁였다. 올라가는 길이어서 그랬던 것일까. 오르는 길은 마치 탐험 같은데, 아마 집에서 멀어지는 느낌이 은연중에 작용했을 터였다.

같은 길인데 내려가는 길은 좀 달랐다. 해가 더 기울었기 때문만은 아니었다. 나무와 잎들이 그렇게 미세하지 않고 덩어리로 뭉쳐 보였다. 이번에는 앞을 가로막는 것이 아니라 무리를 지어 비켜서는 듯 여겨졌다. 이제 그들은 하나하나라기보다는 나무 전체로, 풍경으로 저만큼 거리를 두고 있었다. 마음 또한 오르막길처럼 섬세하게 다가가지 않는 것 같았다. 이제 돌아가는 길이라는 생각이 벌써 몸을 지배하고 있었던 것일까. 짧은 산책이 끝난 것이다. 내려가는 길에서는 디테일이 작동하지 않았다.

반환점을 돌면 이렇게 달리 보이는 것이 새삼스럽다. 나무들은 같은데 보는 방향이 다르면 모든 것이 달라진다. 그렇다면 반환점 없이 계속 나아가야 하는 것이 아닐까. 돌아오지 말고 지속적인 탐험을 해야 하

지 않을까. 과연 그렇게 할 수 있을까. 문학에서 현존
과 디테일을 위해 계속 앞으로 나아간 작가가 있을까.
여러 작가를 떠올려본다. 그러나 과연 그런 일이 가능
하다 해도, 언제나 적절한 것일까.

4

아직 여름옷을 다 밀어넣지도 않았는데 두꺼운 옷을 찾게 된다. 또 하루 두꺼운 옷을 입으면 다음날은 다시 가볍게 나가는 식으로 들쭉날쭉이다. 날씨에 옷을 맞추기가 어렵다. 오늘은 외출할 때 겉옷이 얇았는지 귀가 후 감기 기운을 느꼈다. 따뜻한 샤워를 하고 따뜻한 차를 마시고 쉬었다.

밤에 마시는 차는 글을 쓰지 못하게 한다. 시를 읽지 못하게 한다. 가만히 구석에 앉아 컵을 붙잡고, 컵을 들여다본다. 컵의 온도가 식어가면 어깨나 등으로 오래된 통증이 불시에 찾아온다. 좀 나았던 통증이 숨어 있다가 나타난다. 통증은 비겁하다. 우세할 수 있을 때 본색을 드러낸다. 통증은 글도 싫어하고 시도 싫어한다. 시를 쓰는 나를 싫어한다. 머리를 말린다. 금방 마르지 않는다.

이러저러한 시 잡지들이 배달되어온다. 잡지마다
실려 있는 시인들의 신작 시를 살펴본다. 시들이 갈
수록 정교해진다. 정확하게 말하면 더 예민하고 방어
적으로 되어간다. 많은 시에서 이러한 방어적 민감성
을 느낀다. 너무 섬세하다. 개성이 섬세함 속에 묻혀
있다. 문명시대의 산물인지도 모른다. 개성적으로 말
하기에는 이제 세련된 감수성이 먼저 작동한다. 조심
스럽고 저어하는 화법이 대세인 것 같다. 아마 이러한
상황이 전개되는 이유는 서로 너무 많은 것을 주고받
기 때문일 것이다. 우리는 압도적인 영향에 노출되어
있다.

조금 고립된 음성을 생각해본다. 이질적이고 생경
한 음성이 나타났으면 싶다. 다소 투박하고 뭉툭하고
거칠고 울퉁불퉁한 발화가 기다려진다. 물들지 않은

음성이라는 것이 존재할 수 있을까. 태연하게 낯선 음성을 가진 시, 세련되기보다는 날카롭고, 조심스럽기보다는 충격적이며, 돌아서기보다는 앞을 막아서는, 그러나 넓고 서늘한 뒷모습을 가진 그런 시를 생각한다. 비록 이 시대가 그런 시를 불가능하게 할지라도, 시대에 무관하고 무감하게 나타나는 그런 시.

6

비가 내린다. 세찬 비는 아니고 후드득 떨어지는
비다. 잎이 많이 떨어지고 있다. 비에 젖은 잎들을 밟
으면, 어딘가로 가고 싶은 곳이 있는데 그곳이 어딘지
모르는 사람처럼 멈춰 서게 된다. 가고 싶은 곳을 향
해 가다가 중간에 돌아서는 사람처럼 멈춰 서게 된다.
젖은 잎들을 밟으면, 언제라도 아주 멀리 갈 수 있다
고 생각했던 때가 떠오르고, 그러나 사실은 그 어디에
도 가지 않았음을 생각하게 된다. 비가 내린다. 비는
잎에 자국을 남긴다. 표류를 멈춘 잎에.

비가 내리고 난 후라 기온이 뚝 떨어졌다. 늦가을이라 그런지 그 변화가 뚜렷했다. 조금 남아 있던 온기와 색채가 거둬들여지고 무채색 거리가 전면화되고 있다. 색이 소멸해가는 거리를 몇 정거장이나 걸었다. 정거장마다 모여 있는 사람들도 무표정했다. 휴대폰을 손에 들지도 않고 누구에게 말하는지 알 수 없는 이어폰 통화를 하는 사람을 제외하면, 사람들은 적막 속에서 너무 키가 크거나 너무 긴 외투를 입고 있거나 너무 무거운 짐을 들고 있거나 또 너무 가만히 있었다. 나는 오늘 무채색 거리에 너무 가까이 있었다.

생각을 끊는다. 생각을 이어 무엇인가를 찾아내기
보다는 생각을 끊어 단절을 꾀한다. 끊어야만 생각으
로부터 벗어날 수 있다. 또 많은 경우 끊기 전에 생각
은 끊어져 있기도 하다. 생각은 일종의 소음이기 때문
이다. 소음이 연결되지 않듯이 두개골 속에 가득찬 생
각도 모두 다른 방향으로 엎질러져 있다. 그러므로 문
제는 생각의 단절 여부가 아니다. 생각에 출석하지 않
을 수 있는 여지이다. 참여하지 않고 한 걸음 떨어져
서 누구의 생각인지 모르는 생각을 구경한다면 좋을
것이다. 잠시 후 구경이 끝나면 더 좋을 것이다.

카프카와 마르케스, 마르케스와 카프카를 함께 생각하곤 한다. 두 작가의 작품을 비교하면 특징이 뚜렷해진다. 카프카를 읽으면 카프카뿐 아니라 마르케스의 퍼즐이 다가오고, 마르케스를 읽으면 마르케스와 더불어 카프카가 깊게 느껴진다.

마르케스의 단편들은 많은 부분 우리가 얼마나 아무 생각 없이 아슬아슬하게 살아가고 있는지에 대한 것이다. 그의 작품 속 인물들은 여느 날과 다를 바 없는 날에, 그렇게 사소하고 일상적인 어떤 일에 의해 예기치 않은 심연으로 내동댕이쳐진다. 비 오는 날에 버스를 잘못 탔다거나 선물로 받은 꽃다발에 손가락이 스치는 일들로 다시는 이전의 일상으로 돌아갈 수 없게 된다. 우연이 삶에 촘촘히 도사리고 있다가 그들을 낚아채 죽음으로 내몰고 저항할 수 없는 유폐를 시키는 것이다. 우연은 특별하지도 않고 일상에 널려 있어서 아무도 눈여겨보지 않는다. 하지만 마르케스는 이 우연이 삶을 완전히 봉쇄시키는 계기가 되는 이야기를 하고 있다. 삶의 불확실성을 설명하는 데에 우연의 역할을 키우고 우연에 책임을 전가하는 제스처를 취하는 것이다. 이로써 우연과 운명의 결합이 유동적으로 보이게 되는 효과가 나타난다.

카프카의 글은 이 유동성이 삭제된 것이다. 카프카는 우연을 경유할 필요를 느끼지 않는다. 그의 작품들은 인물들이 이미 결정된 운명을 통보받는 것으로 시작해서 이 운명에의 감금을 이해하거나 탈출해보려는 무의미한 움직임을 보여주는 데 주력한다. 자신도 알 수 없는 죄에 의해 기소되거나, 믿을 수 없게 딱정벌레로 변신해 깨어나거나, 측량기사로 파견되지만 성에 들어가지도 못하는 일들은 모두 처음부터 설정되어 있는 봉쇄이다. 검은 그림자가 어떻게 다가오는지, 그리고 다가오기 이전의 날들이라는 불필요해 보이는 설정은 생략되어 있다. 인물들은 단지 봉쇄를 맞닥뜨리거나 통보받는 것으로 운명을 맞이할 뿐이다. 무엇보다 개인의 불가항력과 끝도 없이 순진하게 계속되는 무력한 허우적거림은 운명이나 사회, 체계라는 전체성을 건드리지 못하고 그 안에 잘 들어맞는다. 그런 점에서 카프카는 미시적이고 내재적인 작가이다. 개인이 전체에 포섭되어 있음을 개인 속에서 치밀하게 보여주는 설계자다. 후대의 작가인 마르케스가 이 포섭 시점에 흥미를 느끼는 것과 대조가 된다. 마르케스는 포섭이 우연의 도움으로 이루어진다고 본 것이다.

커피를 몇 잔이나 마시고 있다. 드립커피가 눈에 띄어 물을 부어 내리고, 카누를 녹여 마시고, 이번에 는 믹스커피를 탄다. 계통 없이 커피를 마셔서인지 무 엇에 집중을 하기가 힘들다. 잠시 집중하고 나면 더 맥이 풀려 책상에서 일어서고 만다. 거실로 나와 왔 다갔다하다가 보니 손에 종이를 들고 있다. 두어 줄만 프린트되어 있는데, 누군가의 시 끝 구절인 것 같다.

이렇게 문득, 어떤 종이인가를 들고 있는 장면은 웬일인지 너무 익숙한 것이어서 어색한 느낌이다. 오 래전부터 지금까지 방이나 교실이나 거리 어딘가에 서 무슨 종이를, 종이 뭉치를 들고 있었던 것이다. 항 상 종이를 붙들고 있는 삶이다. 집어던지지 못하고, 던졌다가도 다시 주워들고, 종이에 무슨 선을 긋거나 표시를 해가며 종이와 함께 있다. 서류들, 원고들, 각종의 고지서들. 종이를 쫓아다니며, 단지 쫓아다니는 일만 해온 나날이다. 모두 날려보내고 소파에 몸을 묻고 있는 모습을 떠올려본다. 소파에 벌써 누군가 앉아 있는 것만 같다.

노트북이 많이 낡았다. 잘 안 눌리는 키들도 있다. 모음 ㅣ는 좀 세게 힘을 줘야 한다. 그래서 자꾸 오타가 난다. 서비스 센터에 가야 하는데 차일피일한다. 11월에는 도무지 뭘 하고 싶지가 않다. 가고 싶은 곳도 없다. 일을 만들지 않는다. 오직 집으로 정확하게 돌아오는 일을 세듯이 한다. 그러지 않으면 금방 휩쓸려 떠내려갈 것 같다. 어딘지도 모르게 말이다. 세워놓은 차 보닛에 끼어 있는 마른 나뭇잎들을 꺼내준다. 오늘은 셀 수도 없이 많다.

12월

1

머칠 만에 운전을 했다. 교외로 나갔더니 길에는
진즉 사라진 눈이 도로 너머 들판에는 아직 남아 있었
다. 눈 덮인 들판은 불현듯 정겹고 환한 것이어서 내
가 빠른 속도로 스쳐갈 뿐인데도 그동안 잊고 있었던
어떤 친밀함을 전해주었다. 눈이 흰색이어서 그 친밀
함은 흐트러지지 않고 단정한 것으로 보이기만 했다.
그 단정함이 편안함을 주었다. 나는 편안하고 일정하
게, 속도를 유지하며 달렸다. 오늘은 멈추지 않고 좀
더 갈 수 있을 것 같았다.

아무 생각 없이 달리다보니 눈이 전혀 다른 얼굴,
불현듯 거대한 농담으로 보이기도 했다. 농담으로 세
상을 덮다니, 얼마나 과감한가. 눈은 거대하지만 세심
하게 지푸라기 하나, 돌멩이 하나도 덮어버리고 있었
다. 키가 껑충한 굴착기도 기꺼이 이 덮임에 동참하

고 있었다. 헤쳐놓은 흙도 마찬가지였다. 아주 태연하
게 이 세계가 농담으로 사라진다는 것은 유쾌한 반전
이었다. 하지만 나는 길 찾기 앱을 끄지 않았다. 시끄
러운 안내가 계속 시끄럽도록 내버려둔 채, 모든 얽혀
있는 것을 덮어버리는 하얀 농담을 가로질러 달리고
있었다.

삽을 보았다. 단지의 의류 수거함 옆에 삽이 비스
듬히 세워져 있었다. 함에 옷을 넣으러 갔다가 이 어
색한 존재를 보고 말았다. 어떻게 이곳에 놓이게 되었
는지 알 수 없지만 조금만 더 기울어지면 쓰러질 것
같았다. 그러나 아직은 쓰러지지 않고 커다란 초록색
수거함에 간신히 기대어 있었다.

무척 오랜만에 보게 된 삽이었다. 날뿐만 아니라
손잡이와 긴 자루까지 쇠로 되어 있었다. 삽은 무엇을
기다리고 있는 것처럼 보였다. 땅을 파거나 흙을 퍼나
르는 것이 아니라도, 눈이나 쓰레기 같은 것이라도 치
우려는 것이 아닐까 싶었다. 하지만 아니었다. 치우려
는 자세는 오히려 치울 것이 없다고 말하고 있는 듯했
다. 의류 수거함이든, 담장이든, 잎이 다 떨어진 창백
한 나무든, 이제는 무언가의 끄트머리에 가까스로 몸

을 걸치고 있을 뿐이었다. 어찌할 수 없는 몸이 있을
뿐이었다.

어떤 글이든 쓸 수 있는 상태에서 점차로 어떤 글도 쓸 수 없는 상태로 되어갈 것이다. 무엇이든 다 놓쳐버리고 점차로 아무것도 남지 않을 것이다. 내가 어떤 사람이었는지, 글을 쓰는 사람이었는지, 글을 쓰고 싶은 사람이었는지, 아무래도 좋은지 곧 구별이 되지 않을 것이다. 처음 시작했을 때 명료해 보이던 순간이 있었던 것 같은데 아주 잠깐이었을 뿐, 모든 것이 갈수록 안갯속 같고, 안개는 짙어지기만 한다.

4

밤늦게 눈이 내리기 시작했다. 처음에는 눈이 오는 것을 눈치채지 못했다. 창밖 어둠 속의 적요가 너무 정밀해서 무슨 일이 벌어지고 있는지를 감지하게 된 것이다. 커튼을 걷고 눈의 고요한 환란을 한참 바라보았다.

집이 비어 있는 날에는 가습기 물이 떨어지는 소리
가 잘 들린다. 거실에 있는 가습기보다 방에 있는 가
습기 소리가 더 잘 들리는 것은 방이 작기 때문일 것
이다. 물이 수증기가 되느라 움직이면서, 부서지면서
내는 소리다. 흔들림의 소리다. 흔들리는 것들은 무
엇이든 충혈된 존재다. 눈이 충혈되었을 때 내가 거
울 앞에서 들었던 어떤 소리도 이와 비슷한 것이었음
에 틀림없다. 물방울들은 오래 머무를 수가 없다는 이
야기를 하는 것 같다. 어떤 상태도 지속되지 않는다.
동의한다. 나는 물방울들의 소리를 따른다. 오래 머물
수가 없다. 이렇게 무작정 앉아 있을 수 있는 시간이
얼마나 될까.

6

굴차를 계속 마신다. 제주도에서 배달되어온 무농약 귤인데 작고 껍질이 얼룩덜룩하지만 신선하다. 햇빛과 바람과 이슬만 먹고 자랐을 것 같은 외관이다. 껍질을 잘 씻어 말렸다가 감을 말린 것과 대추, 생강을 넣어 끓인다. 파뿌리 말린 것도 눈에 띄어 넣는다. 잡았을 때 느낌이 좋은 타원형 머그컵에 주황빛 차를 담아 실내를 이리저리 돌아다닌다. 향이 깊이 다가온다. 책꽂이들을 따라 이 선반 저 선반에 컵을 올려놓고 책들을 잠깐씩 펼쳤다가 덮는다. 이전에 읽었던 기억과 느낌들이 여전하면 덮고, 좀 새로운 구절이 들어오면 서서 책장을 넘긴다. 굴차와 함께 책장 앞을 서성이다보면 오후가 훌쩍 간다.

구석에 놓인 책꽂이 앞에 머물러 오래 펼쳐보지 않았던 책을 들춰본다. 『나보코프의 러시아 문학 강의』이다. 나보코프가 여섯 명의 러시아 작가 소설에 대해 쓴 것인데 강연이라기보다는 비평에 가깝다. 작가가 쓴 비평은 주로, 글의 여러 가지 요소가 작품이 되는 절묘한 순간에 주목하기에 실감이 난다. 나보코프도 소설의 이러저러한 부분들을 인용하면서 그것들이 작품을 탄생시키는 과정을 구경시켜준다.

우선 좋아하는 체호프를 먼저 볼까 하다가 미루어두고 맨 앞, 고골의 『외투』에 대한 부분을 펼친다. "고골은 이상한 존재였다"로 시작한다. "『외투』가 정말 무엇에 대한 이야기인지는 알 수 없을 것이다. 창조적인 독자가 있다면 『외투』는 바로 그를 위한 책이다"로 이어진다. 서두에 이런 말이 나오는 것은 익숙한 찬사이기는 한데, 생각해보니 요즘은 이와 같은 익숙함도 만나기가 쉽지 않다. 모두들 특정한 무언가에 대해 너무 열심히 이야기하기 때문일 것이다. 사실 좋은 글은 무엇에 대한 것인지 알 수 없게 만든다. 독자만 그렇게 느끼는 것이 아니라 작가도 마찬가지다. 작가가 자신이 무엇을 만들었는지 알 수 없다면 그는 문제적 작업을 했을 가능성이 높다. 문제적 작업 속에서만 기존의 모든 협소한 규칙들이 무너진다. 그리고 그 문제적 작품이 새로운 기준이 된다.

8

모든 불을 끄고 책상 위 스탠드 하나만 켠 채 노트
북 앞에 앉아 있다. 노란빛에 가까운 작은 전등은 문
득 내가 얼어 있음을 느끼게 해준다. 겨울이라 그런
가. 그렇지만은 않을 것이다. 혼자 존재하는 시간이어
서 그럴 것이다. 돌처럼 가라앉아 있고 얼어 있다. 녹
는 법을 모르겠다. 녹는 존재가 있을까. 달팽이는, 도
마뱀은, 새는 녹을까. 아무리 높이 떠올라도 새는 허
공중에 녹지 못하는데, 그보다 더 무거운 몸을 가지고
녹기를 바라는 것은 무리다. 얼어 있게 내버려둔다.
12월의 지상 한 귀퉁이에.

눈이 정말 나빠졌다. 안경을 벗어도 써도 영 시원
찮다. 렌즈를 교체한 지 얼마 안 되는데 벌써 소용이
없다. 집에서는 거의 안경을 벗고 지낸다. 써도 별 효
과가 없으면 쓸 필요가 없다. 하지만 생각해보면 안경
이 신통치 않아서 벗어놓는 것만은 아니다. 아무리 렌
즈를 가볍게 해도 안경이 무겁다. 무거워서 안경을 얼
굴에서 떼어낸다. 반지가 무겁듯이 안경도 무거운 것
이다. 반지를 끼지 않은 지 너무 오래되어 반지의 느
낌이 기억나지 않는다. 집에 오면 반지부터 벗어버리
곤 하다가 결국 반지를 끼지 않게 된 것이다. 그뿐 아
니다. 머리카락도 무겁다. 집에서는 자동적으로 머리
를 묶는다. 묶어 올리면 좀 나은 듯하다가도 다시 무
겁다. 얼굴도 손도 몸도 다 무겁다. 온통 무거운 것투
성이다. 나를 들고 다니는 것이 노동이다.

너무 춥지만 않으면 한겨울에도 몇 시간씩 창을 열어놓는다. 온도가 영하로 내려가지 않고 영상에 머무르는 날이어서 오늘도 낮에 창부터 연다. 쌀쌀하면 팔 없는 털조끼를 입고 따뜻한 실내화를 발에 걸치면 된다. 창을 열면 일제히 차가운 공기가 밀려든다. 차갑고도 새로운 공기가 엄습하여 방금까지 머릿속에 있던 눅눅한 것들을 날려보낸다. 떨쳐버리고 싶었던 것들이 그렇게 일시에 사라져버린다.

머릿속에는 왜 항상 무엇이 도사리고 있을까. 밀어내고 덜어내도 다시 고이는 것은 무엇인가. 외부의 공기는 머릿속에 들어 있는 그 무언가가 내 것이 아니었다고 말해준다. 누구의 것도 아니라고 하는 듯하다. 공기의 교체, 원한 것은 오직 이것이었음을 알겠다. 교체에 맡긴다. 교체의 실책에 의지한다. 교체와 함께 아무

것도 없는 제로로 계속 돌아가는 것이다. 보잘것없는
구원이다. 창을 열면 되는 일이다.

해가 빨리 진다. 오후가 기울면서 완전히 어두워지기 전의 짧은 시간이다. 세상이 짙푸른 순간이 된다. 어두워지기 직전에 왜 푸른 순간이 있는 것일까. 어디서 나타난 푸름일까. 이것은 검푸른 순간으로 차츰 바뀐다. 마치 푸른색이 출처를 알 수 없는 어떤 곳에서 삐져나와 거리를 채우다가, 곧 삐져나옴을 멈추고 어둠 속으로 서서히 들어가는 것 같은 형국이다.

푸른 저녁에 무엇을 할까. 무얼 하려 하기보다는, 하다가도 접고 만다. 무슨 손짓이라도 있는 것 같은 창밖을 계속 바라본다. 사람들이 조금씩 어둡게 길게 걸어간다. 그들은 어두워지려 하고, 어두워지는 성질이 되어 어둠을 끌고 간다. 사람들이 점점 어둠과 일체가 되는 것을 바라보는 것이 나의 순간인가. 무엇이 손짓을 하는지 모르겠다. 무엇이 푸른 저녁을, 어둠을

꺼내 보이며 이 시간이면 현실을 사라지게 하는 것인
가. 밖의 검은 사람들은 마치 아주 떠나는 사람들처럼
보인다. 물도 없고 불도 없고 날씨도 없고 소리도 없
고 굴곡도 없는 곳으로 말이다. 검음이 모든 것을 지
워버린다. 장애물들이 모두 치워진 것 같은 걸음걸이
다. 그들은 지금 이 세계의 기하학이 사라진 계단을
내려가는 중이다.

젊은 시인들이 최근에 보내준 시집 몇 권이 책상 위에 있다. 대개 받은 시집들은 며칠 동안 책상 위에 놓여 있다가 거실의 책장으로 간다. 흥미로운 감각이 발견된 시집은 책상 위의 책꽂이에 꽂는다. 책상 위의 작은 책꽂이에는 시집을 포함해서 열 권가량의 책이 꽂혀 있다. 금방 뽑아볼 수 있는 위치다. 고개를 들면 눈이 향하는 곳이다. 다시 펼쳐보고 싶은 책들이 손닿는 곳에 있다.

하지만 나의 선택이라는 것은 그렇게 신뢰할 만한 것이 못 된다. 책꽂이에 꽂힌 채 영 펼쳐지지 않는 것들도 있기 때문이다. 또 때로 나의 선택을 받지 못한 것에 더 궁금함을 느끼는 못된 호기심도 한몫을 한다. 그래서 거실을 돌아다니다가 무심하게 펼쳐본 시집에서 흥미를 느끼는 순간을 언제나 기다린다. 출간된

지 시간이 좀 지난 것들, 단 몇 년이 아니라 10년 이상 지난 것에서 흥미를 느끼는 예외적 경우를 발견하기를 바란다. 예외성이야말로 시간의 검열을 통과한 시집의 힘이라 할 수 있다. 다른 책들과 마찬가지로, 아니 그 어떤 책들보다도 시집은 시간을 관통해야 하는 것이라는 생각을 한다. 가장 앞서 나타나지만 시간이 지나도 휘발되지 않는 것 말이다. 아니 시간이 지나면 더 빛나는 것이라야 한다. 시집의 예외성이고, 시인의 예외성이다.

13

한 해를 하루 남겨둔 날이다. 저녁에 동대문역사문
화공원역 스타벅스에 갔다. 커피와 샌드위치를 주문
해서 2층으로 올라갔다. 자리가 별로 없었다. 다시 내
려갈까 망설이는 동안 다행히 창가에 자리가 나서 앉
았다. 그렇게 오래 있을 예정이 아니었지만 세 시간
넘게 머물렀다. 아침에는 눈이 쌓이듯 내렸는데, 어두
워지는 시간에는 비가 내렸다. 겨울비다. 그러고 보니
1년 내내 비가 내렸다. 창에 빗줄기가 그어지고 우산
을 쓴 사람들이 귀갓길을 재촉하고 있었다.

　2층에서 내다보는 세밑 풍경은 풍경이랄 것도 없이
흐리고 쓸쓸했다. 몇몇 상가는 일찍 문을 닫았고 신호
등과 네온사인의 규칙적인 불빛 사이로 달리는 자동
차의 전조등만이 창문 가득 달려들었다. 도시의 불빛
들은 무심하게 깜박이며 움직였다. 그리고 솜처럼 먹

먹한 머릿속을 통과해갔다. 불빛 때문일까, 점차로 모든 것이 비워지고 투명해지는 느낌이 들었다. 나는 앉은 자리에서 투명한 입방체가 되어가고 있었다. 이 입방체를 똑같은 숨이 들락거리는 중이었다. 반복할 필요가 없는 것을 반복해가며, 언제까지 이렇게 앉아 있을 것인가. 투명은 반복도 무엇도 아닌 정지에 가까운 것이 아닌가. 한 해가 끝나가고 있다.

14

싱크대를 뒤적이다가 못 보던 차를 발견했다. 홍차
종류인데, 우려보니 그렇게 진하지 않고 카페인도 많
이 들어 있는 것 같지 않았다. 우유를 살짝 넣어보니
그런대로 괜찮았다. 야채와 식료품이 부족한데 사러
나가지 않았다. 차 한잔으로 하루를 보냈다. 한 해의
마지막 날을 달렸다. 날이 금방 저물었다.

날짜 없는 일기 2

정적과 소음
ⓒ 이수명 2024

초판 1쇄 인쇄 2024년 11월 10일
초판 1쇄 발행 2024년 11월 20일

지은이 이수명
펴낸이 김민정
책임편집 유성원
편집 김동휘 권현승
디자인 퍼머넌트 잉크
저작권 박지영 형소진 최은진 오서영
마케팅 정민호 박치우 한민아 이민경 박진희
    황승현
브랜딩 함유지 함근아 박민재 김희숙 이송이
    박다솔 조다현 배진성
제작 강신은 김동욱 이순호
제작처 더블비(인쇄) 경일제책사(제본)

펴낸곳 (주)난다
출판등록 2016년 8월 25일
제406-2016-000108호
주소 10881 경기도 파주시 회동길 210
전자우편 nandatoogo@gmail.com
페이스북 @nandaisart
인스타그램 @nandaisart
문의전화 031-955-8865(편집)
    031-955-2689(마케팅)
    031-955-8855(팩스)

ISBN 979-11-94171-23-2 03810

ㄴㄴ〉〈ㄷㄴ